心与女人

[日本] 谷川俊太郎 著

田原 译

译林出版社

图书在版编目（CIP）数据

心与女人／（日）谷川俊太郎著；田原译 . —南京：
译林出版社，2023.9
ISBN 978-7-5447-9778-8

Ⅰ.①心⋯ Ⅱ.①谷⋯ ②田⋯ Ⅲ.①诗集－日本－
现代 Ⅳ.①I313.25

中国国家版本馆CIP数据核字（2023）第 087788 号

心与女人 ［日本］谷川俊太郎／著 田原／译

责任编辑 王 玥
装帧设计 胡 苨
校 对 王 敏
责任印制 闻嫒嫒

出版发行 译林出版社
地 址 南京市湖南路 1 号 A 楼
邮 箱 yilin@yilin.com
网 址 www.yilin.com
市场热线 025－86633278
排 版 南京展望文化发展有限公司
印 刷 南京新世纪联盟印务有限公司
开 本 787毫米 ×1092毫米 1/32
印 张 7.875
插 页 2
版 次 2023 年 9 月第 1 版
印 次 2023 年 9 月第 1 次印刷
书 号 ISBN 978-7-5447-9778-8
定 价 58.00 元

目 录

1　　　　　　　　　　心

心　一
心　二
心　三
替她发言
心滚来滚去
琴弦
烦人
不明白
鞋子的心
水的比喻
阴天
场面话
关于悲伤
散步

心的胎毛
道路
头与心
想扔掉
悔恨
心的皱纹
那天
空虚与空洞
晚景
旋律
贼风
心的颜色
塑料瓶

只是看
裸体
心的事情
画
凌晨四点
心啊
手与心
山冈的音乐
假寐
湿婆神
语言
谢谢的深度
向远方

出口
五点
白发
回答问题
自己的淤泥
镜子
污迹
我的往昔
两种幸福
一心
购物
来自心——写给孩子们
心的住处

孤独
理解
心这种东西
绝望
摇晃
记忆与记录
那之后

123　心灵诗人谷川俊太郎

谷川俊太郎答
127　关于女人的二十二问

未生
诞生
拳头
心脏
名字
夜晚
两个人
光脚
捉迷藏
舔
血
手臂
回声
第一次的
日子

更多日子

见面

信

河

迷路的孩子

指尖

唇

一起

电话

……

这里

喧闹

旅行

蛇

未来

墓

笑

恍惚

梦

死

来生

213　　《致女人》译后记

写诗是我的天职

217　　——访谷川俊太郎

心

こころ 1

ココロ
こころ
心
Kokoro　ほら
文字の形の違いだけでも
あなたのこころは
微妙にゆれる

ゆれるプディング
宇宙へとひらく大空
底なしの泥沼
ダイヤモンドの原石
どんなたとえも
ぴったりの…

心は化けもの？

心 一

ココロ
こころ
心
kokoro[1]，瞧
只是文字形状不同
你的心都会
微妙地动摇

晃动的布丁
敞向宇宙的天空
无底的泥潭
未加工的钻石
无论什么样的比喻
都贴切……

心是魔怪？

---

1 ココロ、こころ、Kokoro，分别为"心"的日语片假名、平假名、罗马音。

こころ2

心はどこにいるのだろう
鼻の頭にニキビができると
心はそこから離れない
だけどメールの着信音に
心はいそいそすっ飛んで行く

心はどこへ行くのだろう
テレビドラマを見ていると
心は主役といっしょに旅を続ける
でも体はいつもここにいるだけ
やんちゃな心を静かに守る

体は元気いっぱいなのに
心は病気がこわくて心配ばかり
そんな心に追いつけなくて
そんな心にあきれてしまって
体はときどき座りこむ

心　二

心在哪儿呢
鼻头上长了粉刺
心就离不开那儿
但手机短信铃声一响
心就会兴冲冲地飞奔过去

心要去哪儿呢
看电视剧时
心与主角一起旅行
身体却一直待在这里
静静守护调皮的心

身体那么健康
心却忐忑不安害怕得病
追不上这样的心
对它深感无奈
身体有时静坐抗议

こころ3

朝　庭先にのそりと猫が入ってきた
ガラス戸越しに私を見ている
何を思っているのだろう
と思ったらにやりと猫が笑った
（ように思えた）

これ見よがしに伸びをして猫は去ったが
見えない何かがあとに残っている
それは猫のあだごころ？
それとも私のそらごころ？
空はおぼろに曇っている

猫がこれから行くところ
私がこれから行かねばならないところ
どちらも遠くではないはずだが
なぜか私は心もとない

心　三

早晨，猫慢吞吞走进院子
隔着玻璃窗盯着我
它在琢磨什么呢
我刚这么一想猫却得意一笑
（总觉得是这样）

炫耀似的伸个懒腰的猫走了
有什么看不见的东西留在了它身后
那是猫的花心？
还是我的不定心？
天空阴沉沉的

猫现在要去的地方
我现在不得不去的地方
虽都不远
可不知为何我心发慌

彼女を代弁すると

「花屋の前を通ると吐き気がする
どの花も色とりどりにエゴイスト
青空なんて分厚い雲にかくれてほしい
星なんてみんな落ちてくればいい
みんななんで平気で生きてるんですか
ちゃらちゃら光るもので自分をかざって
ひっきりなしにメールチェックして
私　人間やめたい
石ころになって誰かにぶん投げてもらいたい
でなきゃ泥水になって海に溶けたい」

無表情に梅割りをすすっている彼女の
Ｔシャツの下の二つのふくらみは
コトバをもっていないからココロを裏切って
堂々といのちを主張している

替她发言

"路过花店门口时我真想吐
每一朵五颜六色的花都是利己主义者
什么蓝天，被厚厚的云遮住好了
什么星星，都给我掉下来好了
大家怎么好意思满不在乎地活着啊？
用珠光宝气的东西装饰自己
不停地查看邮件
我　想放弃做人
想变成石块　麻烦谁能用力地把我投掷
不成的话干脆变成泥水融入大海"

她面无表情地啜饮掺水的梅酒
T恤下两团鼓胀的东西
因为无法发言而背叛了心
无所顾忌地主张着生命

こころ　ころころ

こころ　ころんところんだら
こころ　ころころころがって
こころ　ころころわらいだす

こころ　よろよろへたりこみ
こころ　ごろごろねころんで
こころ　とろとろねむくなる

こころ　さいころこころみて
こころ　ころりとだまされた
こころ　のろのろめをさまし

そろそろこころ　いれかえる

心滚来滚去

心，如果骨碌一下跌倒了
心，会骨碌碌地滚啊滚
心，再咯咯咯笑出声

心，踉踉跄跄一屁股坐下
心，一骨碌躺下
心，迷迷糊糊地打盹儿

心，试着掷色子
心，很容易上当
心，慢吞吞醒来

心，马上要改变了

キンセン

「キンセンに触れたのよ」
とおばあちゃんは繰り返す
「キンセンって何よ?」と私は訊く
おばあちゃんは答えない
じゃなくて答えられない　ぼけてるから
じゃなくて認知症だから

辞書ひいてみた　金銭じゃなくて琴線だった
心の琴が鳴ったんだ　共鳴したんだ
いつ?　どこで?　何が　誰が触れたの?
おばあちゃんは夢見るようにほほえむだけ

ひとりでご飯が食べられなくなっても
ここがどこか分からなくなっても
自分の名前を忘れてしまっても
おばあちゃんの心は健在

私には見えないところで
いろんな人たちに会っている
きれいな景色を見ている
思い出の中の音楽を聴いている

琴弦

"我摸过 Kinsen 呢。"
奶奶反复说
"什么 Kinsen 呀?"我问
奶奶没回答
不是没回答是回答不出,因为她痴呆了
不是痴呆是失智了

我查了一下词典,不是金钱是琴弦[1]
心弦鸣响,产生共鸣了
何时?何地?是谁触动了、什么?
奶奶只是像在梦里微笑着

即使变得不能自己吃饭
即使搞不清身在何处
即使忘记了自己的名字
奶奶的心仍健在

在我看不见的地方
奶奶碰见很多人
看着美丽的景色
听着记忆中的旋律

---

1 日语中"金钱"和"琴弦"发音同为 Kinsen。

うざったい

好きってメール打って
ハートマークいっぱい付けたけど
字だとなんだか嘘くさいのは
心底好きじゃないから?

でも会って目を見て
キスする前に好きって言ったら
ほんとに好きだって分かった
声のほうが字より正直

だけど彼は黙ってた
そのとたんほんの少し私はひいた
ココロってちっともじっとしてないから
ときどきうざったい

烦人

短信里写"喜欢你"
还添加了许多心形
可光看文字总觉得有点假
莫非并不真心喜欢你?

可是见面看着你的眼
在接吻前说了声喜欢你
才知道真的是喜欢
声音比文字诚实

然而他默默无语
那一刻我有一点点心凉
心这东西片刻也不能安分
有时真烦人啊

分からない

ココロは自分が分からない
悲しい嬉しい腹が立つ
そんなコトバで割り切れるなら
なんの苦労もないのだが

ココロはひそかに思っている
コトバにできないグチャグチャに
コトバが追いつけないハチャメチャに
ほんとのおれがかくれている

おれは黒でも白でもない
光と影が動きやまない灰の諧調
凪と嵐を繰り返す大波小波だ
決まり文句に殺されたくない！

だがコトバの檻から逃げ出して
心静かに瞑想してると
ココロはいつか迷走している（笑）

不明白

心不懂自己
悲伤、喜悦、愤怒
如果能用这些词说得清
就没什么可受累的了

心悄悄地想着
在语言道不明的黏黏糊糊中
在语言追不上的一塌糊涂里
藏着真正的我

我非黑非白
是光影不停变动的灰色调
是波平浪静和大浪滔天的反复
我不愿被陈词滥调扼杀！

可是，从语言的牢笼逃出
静心冥想时
心却不觉间迷路乱闯（笑）

靴のこころ

ふと振り向いたら
脱ぎ捨てたスニーカーが
たたきの上で私をみつめていた
くたびれて埃まみれで
あきらめきった表情だが
悪意はひとつも感じられない

靴にもこころがある
自分にもこころがあるからそれが分かる
靴は何も言わないが
何年も私にはかれて
街を歩き道に迷い時にけつまずいた
もう身内同然だ

新しい靴がほしいのだが——

鞋子的心

无意间回头一看
脱下的运动鞋
在门口地上注视着我
破旧不堪，沾满灰尘
一副灰心的表情
但没有丁点儿怨气

鞋子也有心
我也有心所以懂得
鞋子虽不声不响
我穿了很多年
陪我在大街上走过，彷徨过，踉跄过
已经如同我的亲人

但想要一双新鞋子——

水のたとえ

あなたの心は沸騰しない
あなたの心は凍らない
あなたの心は人里離れた静かな池
どんな風にも波立たないから
ときどき怖くなる

あなたの池に飛びこみたいけど
潜ってみたいと思うけど
透明なのか濁っているのか
深いのか浅いのか
分からないからためらってしまう

思い切って石を投げよう　あなたの池に
波紋が足を濡らしたら
水しぶきが顔にかかったら
わたしはもっとあなたが好きになる

水的比喻

你的心不沸腾
你的心不冰冻
你的心是远离人烟的宁静池塘
对什么样的风都不起涟漪
有时让人惧怕

我想跳进你的池塘
也想潜入水底看看
是透明还是浑浊
是深还是浅
因为不知道而犹豫了

我想大胆地向你的池塘投一块石头
如果水波打湿了我的脚
水花溅到了我脸上
我会更爱你

曇天

重苦しい曇り空だが単調じゃない
灰色にもいろんな表情があって
楽譜のように目がそれをたどっていると
ココロが声にならない声でハミングし始める
昨日あんなつらいことがあったのに

目をつぶると今度は北国の海の波音が
形容詞を消し名詞を消し動詞を疑問符を消す
「おれにはおまえが分からんよ」
ココロに向ってアタマはつぶやく
「おれたちはいっしょになって悪魔を創った
力合わせて天使も創った
それなのにおまえはおれを置き去りにして
どこかへふらふら行ってしまう」

空と海を呑みこんで
ココロはひととき
「無心」にただよっている

阴天

天空阴沉灰暗但不单调
灰色也有很多表情
像读乐谱一样，眼睛追着它
心无声地哼唱起来
尽管昨天发生过难过的事情

闭上眼睛后这次是北国之海的涛声
消去形容词、名词、动词和问号
"我真不懂你"
头对心嘟囔着
"我们一起创造了恶魔
也齐心协力创造了天使
你却抛下我
摇摇晃晃去往别处"

吞噬天空和大海
心暂时
在"无心"中飘荡

建前

建前を壊したいが
建前は頑丈だ
体当たりするがびくともしない
本音をのぞきたくとも
窓ひとつない

建前よ
おまえは本音を狂わせる
高い塀で囲いこんで
守っているつもりの本音が
いつか暴動を起こしたらどうするんだ

だがよく見ると
建前にヒビが入っている
そこから本音が滲み出ている
決壊前のダムさながら

场面话

想打破场面话
但场面话很坚固
用身体撞它也毫不动摇
就算想窥视真心话
也没有一扇窗

场面话呀
你让真心话发狂
用高墙围住
本想守护的真心话
万一什么时候暴动了如何是好

仔细一看
场面话上裂了缝
真心话正渗出来
仿佛决堤前的大坝

悲しみについて

舞台で涙を流しているとき
役者は決して悲しんではいない
観客の心を奪うために
彼は心を砕いているのだ

悲しみを書こうとするとき
作家は決して悲しんではいない
読者の心を摑むために
彼女は心を傾けているのだ

悲しげに犬が遠吠えするとき
犬は決して悲しんではいない
なんのせいかも分からずに
彼は心を痛めているだけ

关于悲伤

在台上流泪时
演员绝不是在悲伤
为了牵动观众的心
他让自己心碎

描写悲伤时
作家绝不是在悲伤
为了抓住读者的心
她让自己心醉

狗忧郁地狂吠时
狗绝不是在悲伤
不知是为什么
它只是让自己心痛

散歩

やめたいと思うのにやめられない
泥水をかき回すように
何度も何度も心をかき回して
濁りきった心をかかえて部屋を出た

山に雪が残っていた
空に太陽が輝いていた
電線に鳥がとまっていた
道に犬を散歩させる人がいた

いつもの景色を眺めて歩いた
泥がだんだん沈殿していって
心が少しずつ透き通ってきて
世界がはっきり見えてきて

その美しさにびっくりする

散步

想放弃又放弃不了
像搅动泥水
一次次搅动自己的心
带着浑浊的心走出了房间

雪残留在山上
太阳在天空辉煌
鸟停在电线上
路上有人在遛狗

边走边望着一成不变的风景
泥渐渐地沉淀下去
心也一点点透明
世界清晰可见

我为这美丽感到吃惊

こころのうぶ毛

隠れているこころ
誰も知らない
自分でも気づいていないこころ
そのこころのうぶ毛に
そっと触れてくるこの音楽は
ごめんなさい
あなたのどんな愛撫よりも
やさしいのです

宇宙が素粒子の繊細さで
成り立っているのを
知っているのは
きっと魂だけですね
あなたのこころは
私の魂を感じてくれていますか?

心的胎毛

隐藏起来的心
没人知道
连自己也意识不到的心
音乐轻轻地触摸
这颗心的胎毛
对不起
它比你的任何爱抚
都温柔

宇宙因粒子的细腻
而成立
知道这个的
肯定只有灵魂
你的心
会来感受我的灵魂吗？

道

歩いてもいないのに
どこからか道がやって来た
草木を連れて
地平線を後ろ手にかくして

体は歩いていなくても
心はおずおずと道に従い
丘を上り川を渡る
この道はどこへ通じているのか

これは自分だけの道だ
心がそう納得したとたん
向こうから言葉がやって来た
がやがやとうるさい他人を
ぞろぞろ引き連れて

道路

没有走动
竟然不知从哪儿来了一条路
带领着草木
把地平线藏在背后

即使身体没在走动
心也会诚惶诚恐地顺从道路
上山渡河
这条路通往哪里呢

这是只属于我的道路
心刚一领会
语言就从对面传来
还拖着一个接一个
吵吵嚷嚷的陌生人

アタマとココロ

「怒りだろ?」とアタマに訊かれて
「それだけじゃない」とココロは答える
「口惜しさなのか?」と問われたら
「それもある」と歯切れが悪い
「憎んでるんだ」と突っこまれると
「うーん」とココロは絶句する

アタマはコトバを繰り出すけれど
割り切るコトバにココロは不満
コトバで言えない気持ちに充電されて
突然ココロのヒューズが切れる!

殴る拳と蹴飛ばす足に
アタマは頭を抱えてるだけ

头与心

"生气了吧"头问道
"不单纯是生气"心回答说
"不甘心?"头又问
"有点儿"回答得含糊其词
"是在憎恨"头追问道
"嗯"心无言以对

头不断发出语言
心对断定的语言很不满
被无法言说的情绪充电
心的保险丝突然烧断!

面对拳打脚踢
头只能抱头躲避

捨てたい

私はネックレスを捨てたい
好きな本を捨てたい
携帯を捨てたい
お母さんと弟を捨てたい
家を捨てたい
何もかも捨てて
私は私だけになりたい

すごく寂しいだろう
心と体は捨てられないから
怖いだろう　迷うだろう
でも私はひとりで決めたい
いちばん欲しいものはなんなのか
いちばん大事なひとは誰なのか
一番星のような気持ちで

想扔掉

我想扔掉项链
想扔掉喜欢的书
想扔掉手机
想扔掉母亲和弟弟
想扔掉家
想扔掉一切
我只想变成我自己

一定很孤独吧
因为心和身体扔不掉
害怕吧，犹豫吧
但是我想一个人决定
最想要的是什么
最重要的人是谁
以破晓时启明星似的心情

悔い

何度繰り返せば気がすむのだろう
心は　悔いを
わざとかさぶたをはがして
滲んだ血を陽にさらして
それを償いと思いこもうとして

子犬の頭を撫でながら
遠い山なみを眺めながら
口元に盃を運びながら
思いがけぬ時に　ふと
心は行き止まりに迷いこみ

引き返すことができずに
立ちすくむ

悔恨

要重复多少遍才会满意呢
心故意揭掉
悔恨的疮痂
让渗出的血暴晒
固执地把它当作补偿

抚摸着小狗的头
眺望着连绵的远山
把酒杯凑到嘴边
在意想不到的时刻，突然
心闯进死胡同

无法返回
只能呆立不动

心の皺

セピア色の写真の中の三歳の私
母の膝で笑っている
この子と喜寿の私が同一人物？

心臓に毛が生えたぶん
頭からは毛がなくなって
だけど不安と恐れはそのままで

心は体ほどには育たない
としても心にも皺は増えた
顔と同じに　脳と同じに？

もみくちゃにされ丸められ
磨く暇もなかった心
芯にはいったい何があるのか

心的皱纹

泛黄的老照片中三岁的我
坐在母亲腿上笑
这孩子与七十七岁的我是同一人？

心脏上长了多少毛
头发也相应从脑袋上消失
可是，不安和恐惧依然如故

心不会像身体一样发育
即便如此心也会长出皱纹
与脸相同、与大脑相同？

被揉成团
心连打磨的闲暇都没有
芯里究竟有什么呢

あの日

もう思い出せないことばは
どこへ行ってしまったのだろう
病む人のかたわらに座り
とりとめのない話をしたあの日

微笑みは目にやきついているのだが
話したことはきっと
あの人が持って行ってしまったのだ
ここではないどこかへ

いやもしかすると
私がしまいこんでしまったのか
心のいちばん深いところへ
取り返しのつかない哀しみとともに

那天

已无法想起的语言
去了哪儿呢
坐在病人的身边
漫无边际闲谈的那天

微笑虽一直铭刻于眼底
说过的话一定
已被那个人带走
带往不是这里的某地

不，说不定
是我收起来了
收进心的最深处
与无法挽留的悲伤一起

うつろとからっぽ

心がうつろなとき
心の中は空き家です
埃だらけクモの巣だらけ
捨てられた包丁が錆びついている

心がからっぽなとき
心の中は草原です
抜けるような青空の下
はるばると地平線まで見渡せて

うつろとからっぽ
似ているようで違います
心という入れものは伸縮自在
空虚だったり空だったり
無だったり無限だったり

空虚与空洞

心空虚时
心中是空房
灰尘满屋蛛网遍布
扔掉的菜刀锈迹斑斑

心空洞时
心中是草原
在通透的蓝天下
远远地眺望到地平线

空虚与空洞
看似相仿其实不同
心这个容器伸缩自如
时而空虚时而空洞
时而虚无时而无限

夕景

たたなづく雲の柔肌の下
味気ないビルの素顔が
夕暮れの淡い日差しに化粧され
見慣れたここが
知らないどこかになる
知らないのに懐かしいどこか
美しく物悲しいそこ
そこがここ

いま心が何を感じているのか
心にも分からない

やがて街はセピアに色あせ
正邪美醜愛憎虚実を
闇がおおらかにかきまぜる

晚景

层层云朵的柔肌下
高楼乏味的素颜
被黄昏淡淡的余晖装点
看惯的这里
变成陌生的地方
陌生却很亲切的地方
美丽又哀愁的那里
那里就是这里

心此刻在感受着什么
心也不懂

不久街道褪成深褐色
黑夜慷慨地搅拌
正邪美丑爱憎虚实

旋律

わずか四小節の
その旋律にさらわれて
私は子どもに戻ってしまい
行ったことのない夏の海辺にいる

防風林をわたる風が
裸の肩を撫でる
バラソルをさした母親は
どこか遠くをみつめている

前世の記憶のかけらかもしれない
そこでも私は私だったのか
こころが見えない年輪の渦巻に
どこまでも吸いこまれてゆく

旋律

被那仅仅四小段的
旋律掠走
我回到了童年
置身从未去过的夏日海边

穿过防风林的风
摩挲裸露的肩
打着遮阳伞的母亲
凝视着远方

或许是前世记忆的碎片
那里的我是我吗？
一切都被吸入
看不见心的年轮旋涡

隙間風

あのひとがふっと口をつぐんだ
昨夜のあの気まずい間
わたしが小さく笑ってしまって
よけい沈黙が長引いた

ココロのどこかに隙間ができて
かぼそい風が吹きぬける
哀しみなのか悔いなのか
小さな怖れとかすかな怒り

水気なくした大根のように
煮すぎた豆腐のように
心にスが入ってしまった
今朝のわたし

贼风

那个人突然缄默
在昨晚那个尴尬的瞬间
我轻轻笑了一下
于是沉默拖得更长

心的某处出现了缝隙
一丝风吹进来
是悲伤吗　是后悔吗
还是小小的恐惧和微微的愤怒呢

像失去了水分的萝卜
像煮过头的豆腐
今早的我
心里倒进了醋

心の色

食べたいしたい眠りたい
カラダは三原色なみに単純だ
でもそこにココロが加わると
色見本そこのけの多様な色合い

その色がだんだん褪せて
滲んで落ちてかすれて消えて
ココロはカラダと一緒に
もうモノクロの記念写真

いっそもう一度
まっさらにしてみたい
白いココロに墨痕淋漓
でっかい丸を描いてみたい

心的颜色

想吃想动想睡
身体像三原色一样单纯
但是，加上心
便有了不逊于色卡的多种色调

那种颜色渐渐褪去
洇透褪落飞白后消失
心与身体一起
已成为一张黑白纪念照

索性再来一次
再把它恢复全新
白色的心上墨迹淋漓
想在上面画个大圆圈

ペットボトル

中身を飲み干され
空になってラベルを剥がされ
素裸で透き通るペットボトル
お前は美しい　と心は思う

20101229/CA
からだに刺青された一連の数字
これがお前の存在証明？
そんなもの要らない　と心は呟く

何ひとつ隠さない肌の向こうで
コスモスがそよ風に揺れて
空っぽのペットボトルは
つつましくこの世の一隅にいる

塑料瓶

饮料喝完了
空瓶上的标签被揭掉
一丝不挂透明的塑料瓶
心觉得，你很美

20101229/CA
文在身上的一串数字
难道是你的存在证明？
心暗暗道：不需要这些东西

在毫无遮掩的肌肤对面
大波斯菊在微风中摇曳
空空的塑料瓶
恭谨地待在世界的角落

目だけで

じっと見ているしかない
いやじっと見ているだけにしたい
手も指も動かさずふんわりと
目であなたを抱きしめたい
目だけで愛したい
ことばより正確に深く
じっといつまでも見続けて
一緒に心の宇宙を遊泳したい

そう思っていることが
見つめるだけで伝わるだろうか
いまハミングしながら
洗濯物を干してるあなたに

只是看

只能盯着看
不，只想盯着看
手与手指不动，轻轻地
想用目光拥抱你
只想用眼睛爱你
它比语言正确且有深度
永远盯着看下去
想跟你一起去遨游心的宇宙

我想的这些
只靠凝视能传达给
边哼着歌
边晾晒衣服的你吗

裸身

限りなく沈黙に近いことばで
愛するものに近づきたいと
多くのあえかな詩が書かれ
決して声を荒らげない文字で
それらは後世に伝えられた

口に出すと雪のように溶けてしまい
心の中でしか声に出せないことば
意味を後ろ手に隠していることばが
都市の喧騒にまぎれて　いまも
ひそかに白い裸身をさらしている

裸体

想用近似无限沉默的语言
接近自己的所爱
很多柔弱的诗被写下
用绝不大呼小叫的文字
传至后世

一说出口就会像雪一样融化
只在心里说出声的话
把意义藏在背后的话
混杂在都市的喧嚣中，现在
亦悄然露出雪白的裸体

ココロノコト

たどたどしい日本語でその大男は
「ココロノコト」と言ったのだ
「ココロノコトイツモカンガエル」
体のことでもお金のことでも
政治のことでもない
心のこと

心事という言葉は多分知らない男の
心事より切実に響く　（心のこと）
柔和な目をした大男は言う
「カミサマタスケテクレナイ」
世界中の聖地を巡る旅を終えて
妻子のもとへ帰るという
故郷の町では不動産業を営むとか

心的事情

一位日语结结巴巴的大汉
说出了"心的事情"
"总是在想心的事情"
不是身体不是金钱
也不是政治
是心的事情

大汉或许不知道"心事"这个词
但他"心的事情"却比心事更恳切地回响
目光温和的大汉说：
"神不会拯救我"
结束周游世界圣地的旅行
他说要回到妻儿身边
在故乡的城市经营不动产什么的

絵

女の子は心の中の地平線を
クレヨンで画用紙の上に移動させた
手前には好きな男の子と自分の後姿
地平に向かって手をつないでいる

何十年も後になって彼女は不意に
むかし描いたその絵を思い出す
そのときの自分の気持ちも
男の子の汗くささといっしょに

わけも分からず涙があふれた
夫に背を向けて眠る彼女の目から

画

女孩用蜡笔让心中的地平线
移动到图画纸上
眼前是喜欢的男孩与自己的背影
手牵手面朝地平线

几十年过后她忽然想起
过去画的这幅画
以及那时自己的心情
和那个男孩的汗味儿

不知为何流下泪
从背对丈夫躺着的她的眼里

午前四時

枕もとの携帯が鳴った
「もしもし」と言ったが
息遣いが聞こえるだけ
誰なのかは分かっているから
切れない

無言は恐ろしい
私の心はフリーズする

言葉までの道のりの途中で
迷子になったふたつの心を
宇宙へと散乱する無音の電波が
かろうじてむすんでいる

朝の光は心の闇を晴らすだろうか

凌晨四点

枕头边的手机响了
"喂、喂"了几声
只听到对方的呼吸声
因为知道是谁
没能挂断

不说话很可怕
我的心死机了

在通往语言的途中
胡乱发射向宇宙的无声电波
把变成迷路孩子的两颗心
勉强连结在一起

晨光能吹散心中的暗夜吗

心よ

心よ
一瞬もじっとしていない心よ
どうすればおまえを
言葉でつかまえられるのか
滴り流れ淀み渦巻く水の比喩も
照り曇り閃き翳る光の比喩も
おまえを標本のように留めてしまう

音楽ですらまどろこしい変幻自在
心は私の私有ではない
私が心の宇宙に生きているのだ
光速で地獄極楽を行き来して
おまえは私を支配する
残酷で恵み深い
心よ

心啊

心啊
一刻也不安静的心啊
怎么才能用语言
抓住你
无论是滴落、流淌、沉淀、打旋的水的形容
还是照耀、朦胧、闪烁、遮蔽的光的比喻
都会把你像标本一样固定

连音乐都迟缓地变幻无穷
心不是我的私有物品
我活在心的宇宙里
以光速往返于地狱与极乐世界
你支配着我
既残酷又慈悲
心啊

手と心

手を手に重ねる
手を膝に置く
手を肩にまわす
手で頬に触れる
手が背を撫でる
手と心は仲がいい

手がまさぐる
手は焦る
手が間違える
手は迷走し始めて
手ひどく叩かれる
手はときに早すぎる
心よりも

手与心

手握着手
手放在膝盖上
手搭着肩膀
手轻抚脸颊
手触摸后背
手与心很亲密

手摆弄
手焦虑
手弄错
手开始漫无目的
手被用力拍打
比起心
手有时太快

丘の音楽

私を見つめながら
あなたは私を見ていない
見ているのは丘
登ればあの世が見える
なだらかな丘の幻
そこでは私はただの点景

音楽が止んで
あなたは私に帰ってくる
終わりのない物語の
見知らぬ登場人物のように

私のこころが迷子になる
あなたの愛を探しあぐねて

山冈的音乐

你凝视着我
其实你没有看我
你看的是山冈
登上去能看到死去的世界
山冈平缓的幻影中
我不过是点缀

音乐停了
你回到我身边
像没有结尾的传说里
陌生的登场人物

我的心变成迷路的孩子
不厌其烦地寻找你的爱

まどろみ

老いはまどろむ
記憶とともに
草木とともに
家猫のかたわらで
星辰を友として

老いは夢見る
一寸先の闇にひそむ
ほのかな光を
まどろみのうちに
世界と和解して

老いは目覚める
自らを忘れ
時を忘れて

假寐

老人假寐
与记忆一起
与草木一起
在家猫身旁
把星辰当作朋友

老人做梦
梦到潜藏在咫尺之遥黑暗中的
微弱的光
在睡眠中
与世界和解

老人醒来
忘掉自己
忘掉时间

シヴァ

大地の叱責か
海の諫言か
天は無言
母なる星の厳しさに
心はおののく

文明は濁流と化し
もつれあう生と死
浮遊する言葉
もがく感情

破壊と創造の
シヴァ神は
人語では語らず
事実で教える

湿婆神

大地的谴责吗
大海的谏言吗
天空无言
在星星母亲的严苛里
心在发抖

文明化作浊流
纠缠一起的生与死
浮游的语言
挣扎的情感

破坏和创造的
湿婆神
不言人语
用事实教诲

言葉

何もかも失って
言葉まで失ったが
言葉は壊れなかった
流されなかった
ひとりひとりの心の底で

言葉は発芽する
瓦礫の下の大地から
昔ながらの訛り
走り書きの文字
途切れがちな意味

言い古された言葉が
苦しみゆえに甦る
哀しみゆえに深まる
新たな意味へと
沈黙に裏打ちされて

语言

一切都已失去
包括语言
但语言没有损坏
没被冲走
在每个人的心底

语言发芽
从瓦砾下的大地
从一如既往的乡音
从奋笔疾书的文字
从容易中断的意义

老生常谈的语言
因苦难复苏
因悲伤深邃
迈向新的意义
被沉默证实

ありがとうの深度

心ここにあらずで
ただ口だけ動かすありがとう
ただ筆だけ滑るありがとう
心得顔のありがとう

心の底からこんこんと
泉のように湧き出して
言葉にするのももどかしく
静かに溢れるありがとう

気持ちの深度はさまざまだが
ありがとうの一言に
ひとりひとりの心すら超えて
世界の微笑がひそんでいる

谢谢的深度

心不在这里
只是动嘴说出谢谢
只是滑动笔写下谢谢
得意洋洋的谢谢

从心底
像泉水一样滚滚涌出
把它转换成语言令人心焦
静静地溢出的谢谢

心情的深度千差万别
一句谢谢中
暗藏能超越每个人心的
世界的微笑

遠くへ

心よ　私を連れて行っておくれ
遠くへ
水平線よりも遠く
星々よりももっと遠く
死者たちと
微笑みかわすことができるところ
生まれてくる胎児たちの
あえかな心音の聞こえるところ
私たちの浅はかな考えの及ばぬほど
遠いところへ　心よ
連れて行っておくれ
希望よりも遠く
絶望をはるかに超えた
遠くへ

向远方

心啊，请带我去
远方
带我去比水平线遥远
比星星还要遥远
能与死去的人们
相视而笑的地方
带我去能听到快要诞生的胎儿们
那微弱心跳的地方
带我去我们浅薄的思考所不能及的
远方　心啊
请带我去
比希望遥远
超越绝望的
远方

出口

自分で作った迷路に迷って
出口をさがしてうろうろしてる
上を見ればまだお天道様がいるのに
下を掘ればまだ水も湧くのに
前ばかり見て歩いていくから
どっちに向かってるのか
いつかそれさえ分からなくなって
心は迷子

いっそ出口はないと得心して
他でもないここに出口ならぬ
新しい入り口を作ってはどうか

出口

迷失在自造的迷宫
转来转去找着出口
往上看有老天爷
往下挖依然涌水
因为只看着前方走
曾几何时连正往哪个方向
也已分不清
心是迷路的孩子

干脆认定没有出口
不如就在这儿
造一个不是出口的新入口如何呢？

五時

誰かは知らない
でも誰かを待っている
そう思いながら座ってる
西日がまぶしい
生まれたときから待っている
そんな気がする
恋人には言わなかった
夫にも言ってない

待っていたのはこの人
と思ったことが一度だけあった
（多分早とちり）

あ　もう五時
スイッチ入れなきゃ

五点

不知是谁
却在等着那个谁
这样想着坐着
夕阳晃眼
一出生就在等待
这种心情
没给恋人说过
也没告诉过丈夫

等的人就是他
只如此想过一次
（也许是错觉）

啊，已到五点
得开开关了

白髪

嘘じゃない
でも本当かと問われると怯む
隠してるんじゃない
言葉を探しあぐねて
堂々巡りしてしまうんだ
せめぎあう気持ちは
一言では言えない
言えば嘘になる
だから歯切れが悪いんだ
言葉ってしんどいな
静寂が欲しい
ちょっと休戦しよう

きみも白髪が増えたね

白发

我的话不假
但怕被问真不真
不是隐瞒
是厌倦了搜索词句
原地打转走不出
对立情绪的怪圈
一言难尽
一旦开口便成了谎言
所以语焉不详
语言真累人
想要清静
暂且休战吧

你也长出白发了

問いに答えて

悲しいときに悲しい詩は書けません
涙こらえるだけで精一杯
楽しいときに楽しい詩は書きません
他のことして遊んでいます

詩を書くときの心はおだやか
人里離れた山間のみずうみのよう
喜怒哀楽を湖底にしずめて
静かな波紋をひろげています

〈美〉にひそむ〈真善〉信じて
遠慮がちに言葉を置きます
あなたが読んでくだされば
心が活字の群れを〈詩〉に変える

回答问题

悲伤时写不出悲伤的诗
只是忍住泪就已竭尽全力
快乐时写不出快乐的诗
是因为正忙着作乐

写诗时的心很平静
像远离城镇山涧的湖水
喜怒哀乐沉入湖底
静静荡开涟漪

相信潜藏在"美"中的"真善"
客气地留下语言
如果你来阅读
心会让活字的集合变成"诗"

おのれのヘドロ

こころの浅瀬で
もがいていてもしようがない
こころの深みに潜らなければ
おのれのヘドロは見えてこない

偽善
迎合
無知
貪欲

自分は違うと思っていても
気づかぬうちに堆積している
捨てたつもりで溜まるもの
いつまでたっても減らぬもの

自己的淤泥

在心的浅滩
即使挣扎也是徒劳
如果不潜入心的深处
便无法看到自己的淤泥

伪善
迎合
无知
贪婪

即使自己不这么想
也会在不知不觉中堆积
打算丢掉而积攒的东西
永远不会减少的东西

鏡

なるほどこれが「私」という奴か
ちんこい目が一つありふれた耳が二つ
鼻と口が一つずつ
中身はさっぱり見えないが
多分しっちゃかめっちゃかだろう
とまれまた一つ年を重ねて
おめでとうと言っておく
お日様は今日も上がって
富士山もちゃんとそびえてるから
私も平気で生きていく
もちろんあなたといっしょに
ありとある生き物といっしょに

镜子

原来这就是"我"啊
小眼睛一双　平凡的耳朵两只
鼻子一个嘴巴一张
虽然看不见内在
估计是一团糟吧
总之又添一岁
先说一声恭喜了
太阳今天也升起来
富士山也照样耸立
我也满不在乎地活下去
当然是跟你一起
跟所有的生命一起

シミ

妬みと怒りで汚れた心を
哀しみが洗ってくれたが
シミは残った
洗っても洗っても
おちないシミ
今度はそのシミに腹を立てる

真っ白な心なんてつまらない
シミのない心なんて信用できない
と思うのは負け惜しみじゃない
できればシミもこみで
キラキラしたいのだ
(万華鏡のように?)

污迹

因嫉妒和愤怒被污染的心
悲伤会给予清洗
但会留下污迹
再怎么洗
都洗不掉的污迹
现在我因这些污迹而恼怒

纯白的心太无聊
没有污迹的心很难信任
这么想可不是因为输了还嘴硬
如果可以
我想和污迹一起闪闪发光
（像万花筒一样？）

私の昔

私の昔はいつなんだろう
去年がまるで昨日のようで
子ども時代もまだ生々しくて
生まれた日から今日までが
ちっとも歴史になってくれない

還暦古稀から喜寿傘寿
過ぎればめでたい二度童子
時間は心で伸びて縮んで
暦と似ても似つかない

私の昔はいつなんだろう
誕生以前を遡り
ビッグバンまで伸びているのか

我的往昔

我的往昔是什么时候呢
去年如同昨日
孩提时代仍栩栩如生
从出生那天到今日
一点也没成为历史

从花甲古稀到喜寿伞寿
活过来就能傻呵呵地当第二回孩子
时间在心中抻长又缩短
与日历相同又不同

我的往昔是什么时候呢
追溯到出生以前
要一直追溯到宇宙大爆炸吗

ふたつの幸せ

心の中で何かが爆発したみたいに
いま幸せだ！って思う
理由なんて分かんない
ただ訳もなく突然幸せになる瞬間
晴れてても曇りでも雨でも雪でも
まわりは不幸せな人でいっぱい
私だって悩みがいっぱい
でもなんだろね　ほんと
あっという間に消えるんだけど
その瞬間の喜びは忘れない
そんなことってない？

老人は微笑んで少女を見つめる
爆発とはほど遠いが
いまの穏やかな幸せに包まれて

两种幸福

心中像是爆发了什么
我觉得现在非常幸福！
不知道什么理由
只是莫名突然变得幸福的瞬间
晴天阴天、下雨下雪
周围不幸的人有很多
我也有很多烦恼
可该怎么说呢，真的
虽然幸福瞬间消失
但那瞬间的喜悦难以忘怀
你没有这样过？

老人微笑看着少女
虽然谈不上爆发
却沉浸在此刻平静的幸福中

一心

生きのびるために
生きているのではない
死を避けるために
生きているのではない

そよ風の快さに和む心と
竜巻の禍々しさに怯える心は
別々の心ではない
同じひとつの私の心

死すべきからだのうちに
生き生きと生きる心がひそむ
悲喜こもごもの
生々流転の

一心

不是为了活下去
才活着
不是为了避免死亡
才活着

微风中惬意温和的心
与在龙卷风的不祥感觉中胆怯的心
并非不同的心
是同一个我的心

在理应死去的身体中
潜藏着活生生的生存之心
悲喜交加的
生生不息的心

買い物

隠しているのではない
秘密にしておきたいわけでもない
やましいことは何一つない
誰に話してもかまわない
ささやかな買い物　でも
知っているのは世界中で
自分ひとりだけ

いつかは忘れてしまうだろう
私の心のジグソーの一片
でもそんなかけらが合わさって
私という人間がいる
不思議

购物

不是隐藏
也不想保密
没做一件亏心事
说给谁都无妨
只是一次简单的购物
可世界上只有自己
知道

总有一天会忘记吧
我心灵的一片拼图
但这样的碎片组合一起
就是我本人
不可思议

こころから
──子どもたちに

こころはいれもの
なんでもいれておける
だしいれはじゆうだけど
ださずにいるほうがいいもの
だしたほうがいいもの
それはじぶんできめなければ

こころからだしている
みえないぎらぎら
みえないほんわか
みえないねばねば
みえないさらさら
こころからでてしまう
みえないじぶん

来自心
——写给孩子们

心是容器
什么都能装得下
虽然存取自由
但是不掏出来为好
还是掏出来好
必须自己决定

心掏出来的
是看不见的闪亮亮
是看不见的暖洋洋
是看不见的黏黏糊糊
是看不见的簌簌飒飒
从心走出来的
是看不见的自己

心の居場所

今日から逃れられないのに
心は昨日へ行きたがる
そわそわ明日へも行きたがる
今日は仮の宿なのだろうか

ここから逃れられないのに
心はここから出て行きたがる
どこか違う所へ行きたがる
行けばそこもここになるのに

宇宙の大洋に漂う
小さな小さなプランクトン
自分の居場所も分からずに
心はうろうろおろおろ迷子です

心的住处

无法从今天逃离
心却想去昨天
还慌慌张张地想去明天
今天是心暂住的小屋吗

无法从这里逃离
心却想从这里出去
想去某个不一样的地方
去了的话那里不是也会变成这里吗？

漂浮在宇宙的大洋
小小、小小的浮游生物
不知道自己的住处
心是彷徨不安的迷路小孩

孤独

この孤独は誰にも
邪魔されたくない
と思った森の中のひとりの午後
そのひとときを支えてくれる
いくつもの顔が浮かんだ
今はここにいて欲しくない
でもいつもそこにいて欲しい
いてくれるだけでいい
いてくれていると信じたい

嫌われているとしても
嫌われることでひとりではない
忘れられているとしても
私は忘れない
孤独はひとりではない

孤独

这份孤独
不想被任何人打扰
午后，独自在森林中我这么想
想起了几张
支撑这一时刻的面孔
现在不愿他们在这儿
但愿他们一直在那儿
只要在那儿就行
我想要相信他们会在那儿

即使被讨厌
却也因被讨厌而不再孤独
即使被遗忘
我也不会遗忘
孤独并不孤单

腑に落ちる

分かったのかと私が言うと
分かったと言う
腑に落ちたかと念を押すと
腑に落ちましたと答える
腑ってどこだと私が問うと
どこかこのあたりと下腹を指す

そこには頭も心もないから
落ちてきたのは言葉じゃない
それじゃいったい何なんだ
分かりませんと当人は
さっき泣きじゃくったせいか
つき物が落ちたみたいに涼しい顔

理解

我问明白了吗
你答明白了
我又追问理解了吗
你回答说理解了
我问理解到哪儿去了
不就是这儿嘛　你指着下腹部

因为那里没有脑也没有心
掉到那儿去的不是语言
那究竟是什么呢
当事人说不知道
是因为刚才抽泣过了吗
宛如附着的东西掉干净似的一脸若无其事

心は

見えてしまうものに
目をつぶる
聞こえてくるものに
耳をふさぐ
臭ってくるものに
鼻をつまむ
叫びたいときに
口をつぐむ

心はときに
五感を裏切り
六感を信じない
心はときに
自らを偽っていることに
気づかない

心这种东西

对看得见的东西
闭上眼睛
对听得见的东西
堵上耳朵
对将要变臭的东西
捏住鼻子
在想呼唤时
合上嘴巴

心有时
背叛五感
也不相信第六感
心有时
意识不到
它正在伪装自己

絶望

絶望していると君は言う
だが君は生きている
絶望が終点ではないと
君のいのちは知っているから

絶望とは
裸の生の現実に傷つくこと
世界が錯綜する欲望の網の目に
囚われていると納得すること

絶望からしか
本当の現実は見えない
本当の希望は生まれない
君はいま出発点に立っている

绝望

你说你很绝望
但你还活着
因为你的生命知道
绝望不是终点

绝望
是在赤裸的生命现实中受到伤害
是接受
世界被囚于错综的欲望之网

只有通过绝望
才能看见真正的现实
才会诞生真正的希望
你　正站在出发点上

ゆらゆら

ゆらゆら揺れる
揺れている
気づかずにいつの間にか
揺れ始めている
揺れている
木々が
こころが
私が
世界も
ゆるやかに揺れて
揺られて
不安
でも赤ん坊のように
身をまかせて
ゆらゆら

摇晃

摇摇晃晃
在晃动
不知不觉之间
开始晃动
晃动
树木
心
我
连世界
也在缓缓地摇晃
因为被晃动
而不安
但要像婴儿一样
把身体交给
摇晃

記憶と記録

こっちでは
水に流してしまった過去を
あっちでは
ごつい石に刻んでいる
記憶は浮気者
記録は律義者

だがいずれ過去は負ける
現在に負ける
未来に負ける
忘れまいとしても
身内から遠ざかり
他人行儀に
後ろ姿しか見せてくれない

记忆与记录

这边
让过去顺水流逝
那边
在粗糙的石头上镌刻
记忆是负心汉
记录是规矩人

可是过去总有一天会输
输给现在
输给未来
即使不遗忘
也会从身边远离
变成陌路人
只留下一个背影

そのあと

そのあとがある
大切なひとを失ったあと
もうあとはないと思ったあと
すべて終わったと知ったあとにも
終わらないそのあとがある

そのあとは一筋に
霧の中へ消えている
そのあとは限りなく
青くひろがっている

そのあとがある
世界に　そして
ひとりひとりの心に

那之后

"那之后"存在
失去了最珍惜的人之后
想到已经没有之后之后
知道一切都完了之后
"没完没了"也有那之后

"那之后"通通
消失在雾中
"那之后"无穷无尽
蓝蓝地扩散

"那之后"存在
在世界上
也在人们的心中

心灵诗人谷川俊太郎

田原　文

刘沐旸　译

　　8月30日，诗集《心》（朝日新闻出版社2013年6月）出版两个月后，作者谷川俊太郎穿着一件绣着红色"爱"字的白T恤抵达上海，应邀参加他的第六本汉语诗选的签售会和朗诵活动。T恤据说购于纽约古根海姆美术馆。不过，刻印在T恤上的"爱"字却是当代中国的简体字，中间缺少应有的"心"。此时中日关系正多有摩擦，想来诗人也是敏感地察觉到了这一点，特意用服装来传达"爱"这一信息吧。

　　诗人分为多种。既有像艾略特、帕斯、布罗茨基这类凭才气一挥而就的知识分子型诗人，也有特兰斯特罗默这种惜字如金十年磨一剑的诗人。一般而言，几乎所有的诗人在创作生涯中都或多或少被贴上某某主义的标签。譬如象征主义我们便会想到马拉美、兰波、魏尔伦，意象主义则是庞德，政治抒情诗或曰革命理想主义则是马雅可夫斯基，超现实主义则是布勒东；在中国的话则能举出北岛等朦胧诗派的诸位代表。我曾在以前的文章里写

过，谷川俊太郎是一位很难定义为某一特定主义的诗人。某种意义上，他一直拒绝向各种主义看齐，拒绝批评导向式的写作——不，或许说他一直在超越各种主义写作才更为准确。之所以这样讲，是因为诗人从不满足于一种写法，总是多管齐下地挑战多种风格或主义，并能灵活运用多元的创作手法。

那么，谷川俊太郎到底是什么类型的诗人呢？用单个主义为其命名是非常困难的。我曾想过结合这本诗集的书名，用"心灵诗人"一词来加以形容，但考虑到他写过的"语言游戏诗"这一系列作品，又颇为踟蹰。诗人自己曾强调过，他创作这一系列作品时刻意"不驱动任何情感"。也就是说，那是他在"不动心"的前提下创作的诗篇。那么在这一点上，把他称作"心灵诗人"就有点勉强了。

诗集《心》是诗人在《朝日新闻》副刊上以每月一首的速度连载了五年的诗作结集，而且六十首诗都是同一主题——"心"，这是常人很难想象的。无论多么才华横溢的诗人，五年连续写同一主题无疑都是一个巨大的挑战。我想，若非诗人身为水准极高的语言"匠人"，且拥有极其丰盈的内心世界，恐怕是难以做到的。这本诗集中，既有心灵轻吟浅唱的诗篇，又有心弦被时代洪流深深拨动时写下的作品。我想特别提到诗人在 2011 年 3·11 大地震后写下的《语言》这首诗："什么都已失去 / 包括语言 / 但语言没有损坏 / 没被冲走 / 在每个人的内心深处 //……老生常谈的语言 / 因苦难复苏 / 因悲伤加深 / 朝向新的意义 / 被沉默证实。"像这样，用简短的诗句，在有限的

篇幅里把自身的思考与凝视世界的态度精妙地转换为语言，并用人人都能产生共鸣的手法将其呈现，是谷川俊太郎诗学的一大特征。换言之，他把人类共有的痛苦与喜悦巧妙地转化为有自我风格的语言，有时还会用"沉默"的力量来表述真理。比如《语言》前的一首《湿婆神》中，"破坏与创造的／湿婆神／不言人语／用事实教诲"。正是这种通俗易懂的诗句方能向人们传达普遍意义的诗情。谷川正以他"心灵诗人"的存在，跨越年龄、人种和语言的限制，征服读者并感化着他们的"心"。

——原载《诗歌船》杂志（2014 年第 1 期，总第 22 期）

谷川俊太郎答关于女人的二十二问

1. 什么时候感受到"女人"？

除了熟睡以外，可以说昼夜二十四小时我几乎都在感受着"女人"。感觉上的女人、观念上的女人、肉体上的女人，一言以蔽之，虽说都是"女人"，个中内涵却千差万别。例如，在与活生生的女人面对面时，无论如何都会不由地闻其声、嗅其味、观其胸和脚，即使不去刻意地意识，她们也会不断地刺激你的感官。与其说这是性的魅力在作祟，莫如说是身为男人的我面临的一种生物学的必然。

总之，我永远无法变成中性的，也无法逃脱性欲的偏离。不管面对的是老妪还是幼女，我想基本上都不会改变这种观念。虽然不会感觉到直接的欲望，但是我会不知不觉地敞开心扉，思索对方因身为女人之故所处的状况，因身为女人之故所背负的历史。

身为一个男人的我，从某种意义上来说时刻都被女性包围

着，全然感觉不到"女人"的时候是没有的。当然，有时也会忘记对方的性别，例如一起工作的时候等等。理所当然，对方是让人感觉不到"性魅力"的女人。因此，关键就是感受到"女人"中的"女人"到底意味着什么。我不想把这简单地理解成一种社会一般意义上的"女人味"。

从生物学角度来说，女人和男人就是雌和雄。人类以外的生物甚至毫无雌雄意识地进行生殖行为和繁衍着种族。但是，人类除了具有实体上的女人和男人外，还拥有观念上的女人和男人。这种观念现在不也在逐渐变化吗？观念上的女人无法脱离观念上的男人而孤立存在，反之亦然。

2. 什么时候体会到女性的温柔？

依我看，这是一个是否存在所谓女性特有的"温柔"的问题。简而言之，我认为温柔不存在女人的温柔和男人的温柔之分，存在的仅仅是一个人某时展现的温柔。也就是说，所谓温柔，既不是女性化的，也不是男性化的，它永远属于永恒的人性。

被公认为"女性的"温柔，难道不是女人为了在男人掌握主导权的社会里更加便于生存的一种行为模式吗？然而，我并非想因此论断那是虚伪的温柔，因为模式的存在显示和意味着文化的成熟。只是，我认为那个模式正在崩溃。或许在那样的时代流露出自己内心的温柔是颇为困难的。

例如，母亲让幼婴吮吸乳房时的温柔是女性特有的吗？我认为，它与让幼婴吮吸奶瓶时的父亲的温柔并无本质区别。如果那种完全发自本能的温柔没有男女之别，就要论断它是更加难以理解的温柔吗？给人们根据经验和决心培育在内心的温柔牵强地贴上"女人的"或"男人的"标签，我觉得完全没有必要。

我认为世间存在一种以性为基础的温柔，它是爱情的一种体现。虽然女人向男人、男人又向女人渴求温柔，但是，那种温柔也通过男女之间的差异到达人类的精神深处，进而在生命本身潜藏的温柔上扎根。口腔性爱是女性的温柔，亲吻女性生殖器是男性的温柔，即使大方说出这种话也不会成为大家的笑料，但想必会遭到男性同性恋者们的抗议。

3. 什么时候感觉到女人的可厌？

即使存在女性特有的可憎，我觉得那也是男人的蓄意挑唆，可以说是自作自受。这个问题与上个问题颇为相似，我认为对某人的行为感到厌烦时并非出于她是女性。所谓讨厌，归根结底发自一个人的深层意识，即使存在源于女人的自卑感，也只是那个人的一个方面而不是全部。

最近，我总觉得自己更关注女人和男人之间的共同点而不是相异处。与其口若悬河地议论男女之间的差别，倒不如一面接受性别差异的微妙影响，一面思考时而停滞时而流动的人性。年轻时我并没有这样想，总是把女人想象得更加浪漫，更加神秘；女

人拥有男人无法拥有的东西，女人比男人伟大，女人比男人更接近自然……总之，我特别倾慕女人。与其通过人类社会关系，莫如通过宇宙论的逻辑性更能感受女人。现在回顾一下，这显然是一种对母亲的憧憬。

虽然不能对它进行全盘否定，但是，在一夫一妻制的社会结构中，男女每天日作暮憩地共同生活，渐渐都不得不"赤裸裸地"面对彼此。年轻时思考的女性化、男性化之类的东西像褪掉的镀金一样尽然剥落。随着饰演的女人角色、男人角色从容地消逝，彼此反倒变成伙伴和人与人的关系。现在我才真正体味到波伏瓦的"女人不是天生的，而是被变成的"这句话的真谛。当然，男女并非无差别，彼此存在差异，但我认为现在探寻男女彼此的共同点更为重要，因为一直以来，女人确实受到不公平的性别歧视。

4. 什么时候觉得女人变得不可捉摸？

不是"女人"变得不可捉摸，而是"人类"变得捉摸不定。所谓他人，无论男女都是难以捉摸的生物。我总觉得论断女人不可捉摸的说法中隐约有着灰心无奈之感。因为是女人，男人对她们捉摸不透也是理所当然的，从此好像就放弃了努力。这样一来，女人也会无奈地叹息：反正男人是无法理解我们的。

若追根溯源的话，人类恐怕本来就是无机物吧，而且有可能曾是无性繁殖的阿米巴原虫。虽然不是讲柏拉图，但人类可能确

实曾是雌雄同体的，后来演变成雌雄异体，分化出女人与男人的角色，从而使诸如女性化、男性化之类的东西以各种形态在同一个文化中固定下来。它们进一步的流动化发展我想可能是一种进化，动物性的雌雄差异正在向着相当普遍的人类共通性中消散，这或许是人类创造文明的一个必然方向吧。

或许有人认为这是微不足道的，但是我认为能以同样的方式与女性朋友和男性朋友进行交往、交谈是件乐事，这样就会不可能不去恋爱。我并非在寻求男性化的女人抑或女性化的男人，因为我认为女人和男人总是相辅相成的。

如果男人创造了女人，那么女人也同样创造了男人。同时，女人中存在着男人，男人中也包含女人。假如将来诞生了女性主导型的社会，我并不认为那是男性主导型社会的翻版。那么什么样的社会才是理想的呢？越这样说女性对我而言就越难懂，啊，这好像与开头的回答形成了矛盾。

5. "女"字用汉字、平假名和片假名写，有什么不同？

当然是不同的。应该说是语感上的不同而已。作为汉字的"女"字，用平假名写会产生袅娜纤弱之感；用片假名写会释放出挖苦嘲讽之意。但是我们不能以此为标准把女人分为三种类型，而且作为语言，分开描写这三类不同女人过于贫瘠。

当然，如果我们在一首诗中，必须从作为汉字、平假名和片假名的"女人"一词的这三个表记中选择其一的话，要由文脉决

定。此前的提问大都是把"女人"当作自明之理来理解的。现实中一个活生生的女人是否难以捉摸，与现在的日本社会中女人这一观念变得暧昧是风马牛不相及的。

如果要我说现实中女人的难以捉摸等同于他人的难以捉摸的话，那么这就是我对观念上的抑或社会一般观念上的女人迷失的证据，我想这是理所当然的。个体间的性格差异看起来好像比女人与男人的性别差异更大，这意味着无论男女都不再拘泥于在同一个地方寻求作为女人或男人的自我同一性。

不可思议的是这种困惑根本无法从提问中感受到。虽然我对欧洲的精神分析家们所阐述的女性原理和男性原理的区别模棱两可地相信着，然而，它却不是生搬硬套地适合现实生活中的女人或男人的。比如怪不得有人认为与其说日本的天皇是父亲莫如说是母亲，果然如此。不过这又是男性精神分析家的发言。恕我妄想，如果荣格是女性的话，说不定其想法会有天壤之别。

6. 怎样辨别淑女与娼妇？

又不是维多利亚时代的英国，你以为现在的日本真的存在这种陈旧的区别吗？至少我不具备辨别二者的能力。如果付钱和一个女人过夜，那个人就是不言而喻的娼妇吗？即使不过夜，看到心怀那种意图的女人站在街角，就断言她是娼妇究竟有何根据呢？

辨识淑女好像更加困难。由于淑女和绅士是成对儿出现的概

念，所以有必要思考一下绅士存在与否的问题，在我所交往的范围内起码是不存在的。这或许是我的人生阅历不足的缘故。以出卖身体为生的女人确实存在，是否应该取缔抑或能否取缔这种行为，我就不得而知了。那种女人能使男人解决瞬间的燃眉之急确是事实，有时这种女性通过金钱的交换也保持了某种自由。另，男人当女人的情夫过日子是万万不可取的。

7. 请为"女人的眼泪"下定义。

这是男人无视女性存在的老生常谈之一。难道不应该别提什么"女人的眼泪"而尽量去深入寻找其人悲哀的根源所在吗？这种过于严肃的正论，虽然无趣，但是我对男人和女人既相互离弃，又议论彼此的差异这种事甚为厌倦，虽然我已重复过多次。

身不由己地成为一个女性，确实会因身为女性而流泪，那时，男人不应该仅仅抚慰当事女性，还应该思考她内部的"女人"。流假泪骗人的并非只有女性，多愁善感也不是女人的专利。男人只不过是从"女人的眼泪"这一空洞的观念中感到自我满足而已，抑或这只是一种暗示媚态的词组。其实，近来连男人也深知哭泣的效用。

8."女人"是频繁使用的语言，你是否会有些在意呢？

那倒没有。

9. 你是怎样看待假睫毛的？

非常厌恶。我对小时候被浓妆艳抹的女人抱着，惧极而泣的情景记忆犹新。从那以后，我就成了素面净颜派。有些男人认为不化妆就不是女人，情理上我是理解的，然而感觉上却无法接受化妆。这与我始终喜欢不上戏剧有一定关联。在我的观念中，无论男女即便是素面朝天，也都存在刻意装饰自己的成分。或许可以说，怎样使之卸妆，更接近素面正是我的课题。

然而，抛开个人的厌恶喜好，假睫毛作为从人类的心思中生出的一个事物，确实很有趣。形色各异的假睫毛排列于店头，仍然会诱人止步，雅俗共赏。

10. 你从山口百惠身上感觉到了什么？

因为我个人与她并不熟悉，所以无论怎样观其照片、闻其歌声都只能感受到宣传媒体制作出的幻影，但对玛丽莲·梦露就没有这种感觉，或许这是因为不符合我的喜好标准的缘故。

11. 克利奥帕特拉、杨贵妃、小野小町、贞德、玛丽·安托瓦内特，你最想见的是谁？

我谁都不想见。如果只是见面的话，我已经通过书本或电影

创作的形象目睹过了。因此，如果是同居就另当别论了，只怕对方是不会应允的。

12. 如果必须从"眉清目秀的女人""美腿修长的女人""胸脯丰满的女人"中选择其一的话，你会怎样做？

用如此简单的三个句子来形容三位出生、成长、性格尽然不同的女性，难道不是对女性的蔑视吗？我不知道发问的目的何在，但不言而喻的是，如果非要选择其一的话，还需要更多的信息。

13. 你从"女性 ××"这类词语中联想到什么？

男人对女人的自卑感。但比如很难从名字判断对方性别的情况下，的确会感到一种莫名的焦躁和不安。

14. 你认为日本会出现女首相吗？

可能以后会吧。但是，别以政党哗众取宠的形式出现吧。不能再被那种事情蒙蔽了。

15. 你会想在"飞翔的女人"耳边低声私语些什么？

我想不会有女人愚不可及地认为自己是"飞翔的女人"，不

过万一碰到了，我会在她耳边小声说："你带降落伞了吗？"

16. 据说存在理性肉体，那究竟是怎么回事呢？

很难回答啊！想象一下这样的肉体已经接近于不可能，因为肉体往往会背叛理性。虽然我被"理性的肉体真的存在吗"之类的疑问困扰着，可是比如精神与肉体保持完美平衡的状态还是能够想象到的。运动员的肉体有点儿被意识化和过度地被抑制，同时，包含对肉体满不在乎的理性。对了，不知何故，美国电影演员威尔斯[1]的肉体就很难说是理性的。

在我的印象中，熟练的樵夫的肉体好像更接近理性吧。若就女人而言，可能会是钢琴家之类的女性吧。啊，在此我想起了美国摄影大师阿尔弗雷德·斯蒂格里茨拍摄的美国画家乔治娅·奥·吉弗的身体，虽然她只是画画。默默无闻的农妇中或许也有人拥有那样的肉体，抑或应该梦想一下未来的靠机械维持生命的人吧。

17. 请对未婚妈妈说几句话。

虽然我没有任何发言资格，可是请允许我在心中对她们道一声："加油啊！"

1　大概指奥逊·威尔斯（1915—1985），其代表作有《公民凯恩》等。——编注

18. 请谈一谈人工授精。

体外受精怪诞，体内受精荒谬。不过，总比征得丈夫的同意后去通奸好。我基本上认为领养就已足够了。患有不孕症的女子人工授精之后可以获得无异于自然受精的状态吗？男人无论如何也无法体验在自己体内孕育婴儿之事。即使有了人工授精，男人最终还是无法理解对孕育的渴望。但是，它是自然发生的呢，还是通过人工发生的，这种差异不可能不对母体的深层产生影响。人工授精加深了女人与男人之间的隔阂，隔阂本来就是深刻的；但若只是一般深刻的隔阂，最好是把对方强迫到同一张床上拥抱厮滚。

19. 以何种方式才能表现最深挚的爱？

至死守候在那个人的身边，如果对方拒绝的话，就与对方保持不会使之产生不快感的距离。这不是精神上的距离，而是极其日常的物理性距离。然而话虽如此，如果认为自己退而远之是为那个人着想的话，或许人会毅然离去。如果做不到也是无可奈何的，那只有去殉情了。

20. 请讲述一下对女人的最初记忆。

母亲的乳房。另外，我是通过剖腹产出生的，所以还记得母

亲肚子上遗留下的伤痕。

21. 你认为母亲、妻子、女儿分别是怎样的"女人"？

　　女儿应该是一种命运或宿命吧。因为女人无论是谁，都一定会是某某人的女儿。妻子可以说是一种角色，女人既可以选择自己是否成为妻子，也可以抵抗周围的压力，改变妻子这个角色。而母亲尽管是为了维系种族的繁衍而存在的，但这种角色也具有可选择的一面。

　　假如即使一个女人经历了女儿→妻子→母亲这样的阶段，我也不认为这就是她的全部人生。这与儿子→丈夫→父亲的阶段并非男人的全部是一个道理。我不认为女人只有通过女儿、妻子、母亲才能保持自己的同一性，至少只要文明按照现有模式发展的话。

22. 如果你是女人的话，你觉得你现在在做什么？

　　变成尽心操劳家务的家庭主妇，可能会被丈夫背叛吧。

——原载《广告批评》杂志 1979 年 11 号

致
女
人

未生

あなたがまだこの世にいなかったころ
私もまだこの世にいなかったけれど
私たちはいっしょに嗅いだ
曇り空を稲妻が走ったときの空気の匂いを
そして知ったのだ
いつか突然私たちの出会う日がくると
この世の何の変哲もない街角で

未生

你还未降临于世时
我也未曾出生
可是我们却一起嗅着
闪电划破阴天时空气的味道
于是，我们理解了
曾几何时在这个世界普通的街角
我们相遇之日突然来临

誕生

そのときも風が木々を渡ってきた
高利貸は指に唾つけて紙幣を数えていた
動物園でセイウチが吠えていた
そのときも世界は得体の知れぬものだった
あなたが暗くなまぐさい産道を
よじれながら光のほうへ進んできたとき

诞生

那时风也是越过树木吹来
高利贷用手指蘸着唾液数纸币
海象在动物园吼叫着
那时世界也是来路不明之物
你从阴暗的腥臭产道
一边缠扭向着光的方向前进之时

こぶし

なんだったの？
ちいさなちいさなこぶしの中に
固く握りしめていたのもは
決してなくすまいとしていたものは
それをあなたは投げつける
まっすぐ私に向かって　いまも

拳头

是什么呢？
在小小的拳头中
紧握的
是绝对不想失去的东西
你把它投掷出去
直直朝着我，即使是现在

心臓

それは小さなポンプにすぎないのだが
未来へと絶え間なく時を刻み始めた
それはワルツでもボレロでもなかったが
一拍ごとに私の喜びへと近づいてくる

心脏

那不过是小小的泵
却开始不停刻画朝向未来的时刻
那既不是华尔兹也非波莱罗
但每一拍都向着我的喜悦贴近

名

誰も名づけることは出来ない
あなたの名はあなた
この世のすべてがほとばしり渦巻いて
あなたのやわらかいからだにそそぎこむ
幼い私の涙も溶け始めた氷河も

名字

谁都无法命名
你的名字就是你
世上的一切迸发成旋涡
注入你温柔的体内
连同我幼稚的眼泪和开始融化的冰河

夜

兄さんと手をつないであなたは眠った
ひとり手を組んで私は眠った
夜の掛け布団の下で
あなたも私も敷布に夢の大陸を描き
朝になると見えない道を太陽にさらした

夜晚

握着哥哥的手的你睡了
自己双手交握的我睡了
在夜晚的被子下
你和我都在床单上描绘梦的大陆
清晨到来后太阳晒着看不见的路

ふたり

影法師はどこまでもついてくる
でもついさっきまで遊んでいた子は
背をむけて行ってしまう
まわらぬ舌で初めてあなたが「ふたり」と数えたとき
私はもうあなたの夢の中に立っていた

两个人

影子一直跟着
但刚刚一起玩耍的伙伴
转身离去
你不熟练的舌头初次数着"两个人"
我已经伫立在你的梦中

素足

赤いスカートをからげて夏の夕方
小さな流れを渡ったのを知っている
そのときのひなたくさいあなたを見たかった
と思う私の気持ちは
とり返しのつかない悔いのようだ

光脚

我知道你在夏日的傍晚
撩起红裙子渡过了小溪
想看那时晒出阳光味道的你
我的心情
仿佛后悔莫及

かくれんぼ

たった一本の立ち木が
あなたを私からかくしていた
「もういいよ」と叫ぼうとしてあなたはためらった
もっと待たねばならないと知っていたから
まだ目をつむって数えている私を

捉迷藏

只一棵树
便把你从我面前藏起
想喊"躲好了哟"的你犹豫不决
因为知道必须再等一会儿
等仍闭着眼数数的我

なめる

見るだけでは嗅ぐだけでは
聞くだけではさわるだけでは足りない
なめてあなたは愛する
たとえば一本の折れ曲がった古釘が
この世にあることの秘密を

舔

只是看和嗅
只是听和摸是不够的
你舔舐并去爱
例如爱一根弯曲的旧钉子
留在世间的某个秘密

血

星空と戦って
あなたが初めての血を流したとき
私は時の荒れ野に
種子を蒔くことをおぼえた
そうして私たちは死と和解するための
長い道のりの第一歩を踏み出した

血

跟星空搏斗
你第一次流血的时候
我学会了在时间的荒野上
播种
于是我们迈出为了与死亡和解
漫漫长路的第一步

腕

あなたの腕の不思議な長さ
あなたの肩の匂うようななめらかさ
あなたの手の優雅なたけだけしさ
抱きしめるすべてに私がかくれていることを
あなたは知っていた

手臂

你的臂不可思议地长
你的肩滑润生香
你的手优雅勇猛
你知道
在你拥抱的一切里，藏着一个我

谺

声はまわり道をした
あなたを呼ぶ前に声は沈んでゆく夕陽を呼んだ
森を呼んだ　海を呼んだ　ひとの名を呼んだ
けれどいま私は知っている
戻ってきた谺はすべてあなたの声だったのだと

回声

声音环绕而行
在呼唤你之前声音呼唤过沉落的夕阳
呼唤过森林　呼唤过大海　呼唤过人名
可是现在我明白
返来的回声全都是你的声音

初めての

あなたの初めてのウィスキー
初めての接吻　初めての男
初めての異国の朝　初めての本物のボッシュ
しかもなおいつか私は初めての者として
あなたの前に立つだろう
その部屋の暗がりに　生まれたままの裸で

第一次的

你第一次的威士忌
第一次的接吻第一次的男人
第一次的异国早晨第一次看到的博斯[1]真迹
也许不知何时我作为第一个人
站在你的面前
在那房间的暗处以初生时的裸身

1　希罗尼穆斯·博斯（1450—1516）：荷兰画家。多数画作描绘罪恶与人类道德的沉沦，是想象力超群、极具洞察力的画家，二十世纪超现实主义启蒙者之一。

日々

私たちは別々の家で別々の物語を生きていた
雨だれが聞こえる朝　風が窓を鳴らす午後
その終わりがただひとつであることを知らずに
あなたの眠らなかった夜を私は眠ったが
私の知らないあなたの日々は
私の見た夕焼け雲に縁どられていた

日子

我们在不同的家活出了不同的故事
听得到屋檐滴雨声的早晨　风吹响窗户的下午
却不知那结局只有一个
虽然我在你的无眠之夜里安睡
可你那些我不曾知晓的日子
被我看到的晚霞镶了边

日々また

あなたがお茶づけを食べている
あなたが息子に乳房をふくませる
あなたがバイクを始動する
あなたがひとりで涙を流している
私を知る前にあなたのしたことのひとつひとつ
……そのひとつひとつ

更多日子

你吃着茶泡饭
你让儿子含着乳房
你发动摩托车
你独自流泪
在知道我之前你所做的一件又一件
……那一件又一件事情

会う

始まりは一冊の絵本とぼやけた写真
やがてある日ふたつの大きな目と
そっけないこんにちは
それからのびのびしたペン書きの文字
私は少しずつあなたに会っていった
あなたの手に触れる前に
魂に触れた

见面

开始是一册绘本和模糊的照片
不久的某日是一双大眼睛和
一句冷淡的你好
之后是钢笔写下的流畅文字
我一点一点地遇见了你
在触碰你的手之前
触摸了灵魂

手紙

三千円の頭金で新車を買った
ワニ皮ベルトの不動産屋にだまされた
赤い塀の牢屋に入れられる夢を見た
あなたが日々の平凡な事実を
お伽話にしてしまうので
私は王子に生まれ変わる

信

用三千元的首付买了新车
被系着鳄鱼腰带的地产中介商骗了
梦见自己被关进红墙监狱
因为你把每天的平凡事实
写成传说
所以我脱胎换骨变成王子

川

マンガを買って私はあなたと笑いにいく
西瓜を貰って私はあなたと食べにいく
詩を書いて私はあなたに見せにいく
何ももたずに私はあなたとぼんやりしにいく
川を渡って私はあなたに会いにいく

河

买了漫画我拿去和你一起笑
有了西瓜我带去和你一起吃
写了新诗我要拿去给你看
两手空空我要去和你一起发呆
渡过河我要去见你

迷子

私が迷子になったらあなたが手をひいてくれる
あなたが迷子になったら私も地図を捨てる
私が気取ったらあなたが笑いとばしてくれる
あなたが老眼鏡を忘れたら私のを貸してあげる
そして私は目をつむり頭をあなたの膝にあずける

迷路的孩子

我若变成迷路的孩子你会拉起我的手
你若变成迷路的孩子我便也抛开自己的地图
我若装腔作势你会一笑了之
你若忘了老花镜我把我的借给你
于是我闭眼把头枕靠在你的膝

指先

指先はなおも冒険をやめない
ドン・キホーテのように
おなかの平野をおへその盆地まで遠征し
森林限界を越えて火口へと突き進む

指尖

指尖总不肯停止冒险
如同堂·吉诃德
从腹部的平原远征到肚脐的盆地
越过森林的界限直冲火山口

唇

笑いながら出来るなんて知らなかった
とあなたは言う
唇はとても忙しい
乳房と腿のあいだを行ったり来たり
その合間に言葉を発したりもするのだから

唇

你说
真不知道笑着还能做这个
唇很忙
往来于乳房和大腿间
趁空还要发出些话

ともに

ともに生きるのが喜びだから
ともに老いるのも喜びだ
ともに老いるのが喜びなら
ともに死ぬのも喜びだろう
その幸運に恵まれぬかもしれないという不安に
夜ごと責めさいなまれながらも

一起

因为一起活着开心
一起老去也开心
假如一起老去开心
一起死去也会开心吧
在未必能拥有那份幸运的不安中
我煎熬着每一个夜晚

電話

あなたが黙りこんでしまうと時が凝固する
あなたの息の音にまじって
遠くで他人の笑い声が聞こえる
電話線を命綱に私は漂っている
もしあなたが切ったら……
もうどこにも戻れない

电话

你一沉默时间就凝固
夹杂在你的呼吸声中
听得见远处旁人在笑
我飘浮着，电话线就是那救生索
你一旦切断……
我便无处可归

......

砂に血を吸うにまかせ
死んでゆく兵士たちがいて
ここでこうして私たちは抱きあう
たとえ今めくるめく光に灼かれ
一瞬にして白骨になろうとも悔いはない
正義からこんなに遠く私たちは愛しあう

......

正在死去的士兵们
任沙子吸尽血迹
我们在此拥抱
即使被此刻炫目的光灼烧
一瞬化作白骨　也无怨无悔
我们相爱着　如此远离正义

ここ

どっかに行こうと私が言う
どこ行こうかとあなたが言う
ここもいいなと私が言う
ここでもいいねとあなたが言う
言ってるうちに日が暮れて
ここがどこかになっていく

这里

我说"一起去哪里吧"
你说"去哪里呢"
我说"其实这儿也不错"
你说"这里也挺好呀"
说着说着夕阳西下
这里将要变成哪里

雑踏

幻が私たちをみつめている
大きな澄みきった目で
だからこんなにもはっきりと分かるのだ
枝々があなたの乳房をつかみ
川が私の腿に流れこむのが
この夕暮れの市場の雑踏の只中でさえ

喧闹

幻影注视着我们
用清澈的大眼睛
因此才这么清楚地知道
枝条抓着你的乳房
小河流入我的裤裆
即使在这傍晚市场的喧闹中

旅

修道院の前庭のオリーヴの木陰で
あなたは本を読んでいる
まるで自分の家にいるようにくつろいで
白昼の風景に溶けこむあなたの静けさ
そこから影のようにひとつの言葉が生まれ……
あなたは私にむかって顔をあげる

旅行

在修道院前院橄榄树的树荫下
你在看书
好像在自己家一样放松
你的安静　溶解在这白昼的风景
从那里影子般地生出一句话……
你向我仰起脸

蛇

あなたが私のしっぽを呑みこみ
私があなたのしっぽに食らいつき
私たちは輪になった二匹の蛇　身動きができない
輪の中に何を閉じこめたのかも知らぬまま

蛇

你吞下我的尾巴
我咬住你的尾巴
我们是盘成圈的两条蛇　无法动弹
始终也不知环里圈住了什么

未来

たった今死んでいいと思うのにまだ未来がある
あなたが問いつめ私が絶句する未来
原っぱでおむすびをぱくつく未来
大声で笑いあったことを思い出す未来
もう何も欲しいとは思わないのに
まだあなたが欲しい

未来

虽然觉得现在死亦无憾但未来仍然在
被你追问得无言以对的未来
在原野大口吃饭团的未来
忆起往日一同大笑的未来
明明已无所求了
可还是想要你

墓

汗びっしょりになって斜面を上った
草の匂いに息がつまった
そこにその無骨な岩はあった
私たちは岩に腰かけて海を見た
やがて私たちは岩を冠に愛しあうだろう
土のからだで　泥の目で　水の舌で

墓

汗流浃背爬上斜坡
草味呛鼻
那里有粗陋的岩石
我们坐在石上看海
或许我们终将在这石冠之下相爱
以地之身　以泥之眼　以水之舌

笑う

私たちは笑う
老いた者の仮借なさで笑う
寝そべってライチをむきながら笑う
腰の痛みに顔をしかめて笑う
平凡を笑う　非凡を笑う
歯のない口で笑う

笑

我们笑
用年长者的果决来笑
躺着边剥着荔枝笑
腰痛得咧着嘴笑
笑平凡　笑非凡
用掉光牙齿的嘴笑

恍惚

おむつ代えるついでに
あなたは私の尻をつねってくれる
隣の寝たきりばあさんが美人だからだ
私の脳細胞は恍惚として目覚めるだろう
知性の遠く及ばぬものに

恍惚

在换尿布的同时
你拧了一下我的屁股
因为旁边卧床不起的老太太是美女
我的脑细胞大概恍惚间还觉醒着吧
在理智到不了的地方

夢

金いろの赤ん坊がふたり
青空の下で金いろのうんこをしている
あなたの描く絵の中に私たちはいる
しっかりと手を握りあって
時が無力になるほうへよちよち歩いてゆく

梦

两个金色的婴儿
在蓝天下拉着金色的便便
我们在你的绘画里
紧握彼此的手
朝时间失去力量的方向蹒跚着走去

死

私ハ火ニナッタ
燃エナガラ私ハアナタヲミツメル
私ノ骨ハ白ク軽ク
アナタノ舌ノ上デ溶ケルダロウ
麻薬ノヨウニ

死

我成了火
燃烧着凝视你
我的骨头白又轻
也许会在你的舌头上融化吧
像麻药一样

後生

きりのないふたつの旋律のようにからみあって
私たちは虚空とたわむれる
気まぐれにつけた日記　並んで眠った寝台
訪れた廃墟と荒野　はき古した揃いの靴
地上に残した僅かなものを懐かしみながら

来生

仿佛两个无尽的旋律难解难分
我们跟虚空嬉戏
随性写下的日记　一起睡过的床
造访过的废墟和荒野　穿旧了的同一牌子的鞋
一边怀念着留在大地上的一点点东西

《致女人》译后记

诗人谷川俊太郎的婚姻经历过"三起三落"。初婚是青梅竹马长他两岁的诗人、童话作家岸田衿子;次婚是出演过他剧本角色的话剧演员大久保知子;第三次婚姻就是《致女人》的插图作者佐野洋子。[1]

1990 年,五十九岁的谷川跟五十二岁的佐野结婚。20 世纪 90 年代初,佐野写过不少随笔来刻画生活中的谷川俊太郎,文笔鲜活,趣味盎然,赢得了良好口碑。谷川俊太郎曾不止一次在私下里告诉我,三位妻子中,佐野是最懂他的,然而没想到的是,在共同生活了七年之后最终分道扬镳,似乎验证了爱情的无奈。

从绘画专业的严格意义上说,作为随笔和绘本作家,在日本广为人知的佐野洋子通常不被认为是一位真正的画家,但她绘

---

1 《致女人》日文版原为谷川俊太郎诗,佐野洋子画,二人无间合作的作品。中文版出版之际由于多种原因,未能取得佐野女士插图授权,遗憾本书只能将诗歌呈现给读者。——编者注

制的不少插图和出版的绘本里所蕴含的趣味性与深刻性却又是很多所谓专业画家难以企及的。在我对她有限的阅读中，总觉得她把自己与众不同的文字语言恰到好处地发挥到了自己的构图、色彩、点线和画面之中，她的绘画语言带有强烈的个人色彩，跟她的随笔语言有共同之处：新鲜、平易、幽默、犀利、真切、深远……她的画面中流露出的对生命本质的揭示和对艺术真谛的洞见，以及笔致的自然流畅在为读者带来愉悦观感享受的同时，也为读者留下了巨大的回味余地和思考空间。她的画和她的文章就是这样的彼此渗透，异曲同工。她的插图和绘本介于绘画和漫画之间，介于具体和抽象、深奥和通俗、想象和现实之间。幽默之中常常会透射出严肃的命题：生命、存在和日常生活。或者说，佐野洋子是一位典型的生活型作家和插画家，这一点跟诗人谷川俊太郎的写作动机不谋而合。

《致女人》初版于1991年，截至1995年，五年间就已经重印了十八次。这本书可能是佐野洋子跟诗人谷川俊太郎最为精彩的合作，插图的视觉心象与诗句的隽永悠远相得益彰，记录了人从诞生、相爱到死亡的生命过程。他们壮年恋爱老年结婚，曾被日本文坛称为珠联璧合的一对。可惜他们的婚姻只维持了短短几年。时光流逝，而今重新翻阅《致女人》，仍能明显地感受到他们新婚燕尔时的甜蜜和幸福。

2016年暑假前，我跟集英社的责编一起带着刚刚编选的第四卷文库版《谷川俊太郎诗选集》，乘新干线去北轻井泽造访了谷川俊太郎森林中的别墅，三栋木造结构的房子中，有一处四壁

玻璃墙的亭式小房子就是当年佐野洋子为谷川精心设计的创作室，遗憾的是忘了询问谷川是否在这所小房子创作过《致女人》里的某些诗篇。

写诗是我的天职
——访谷川俊太郎

田原（以下简称"田"）：回顾您半个多世纪的创作历程，准确地说您步入诗坛是出于被动式的"被人劝诱"所致，而不是来自自我原始冲动的"自发性"。从现象学上看这是"被动式"的出发。但恰恰是这种偶然的诱发，使您走上写作的道路。从您受北川幸比古等诗人的影响开始写作，到您在丰多摩中学的校友会杂志《丰多摩》（1948 年 4 月）复刊二期上发表处女作《青蛙》，以及接着在同人杂志《金平糖》(1948 年 11 月）上发表两首均为八行的《钥匙》和《从白到黑》时为止，那时，作为不满十七岁的少年，您是否已立志将来做一位诗人，或靠写诗鬻文为生？能简要地谈谈您当时的处境、理想和心境吗？

谷川俊太郎（以下简称"谷川"）：回忆半个多世纪以前的梦想和心境，我想对于谁都是比较困难的吧。在我有限的记忆中，我当时的梦想是：用自己制作的短波收音机收听欧洲的广播节目和自己有一天买一辆汽车开。至于心境，因为当时无论如何不想

217

上学，所以，一想到将来如何不上大学还能生活下去，就会有些不安。

田：从您的作品整体特点来看，您诗歌中饱满的音乐气质和洋溢着的哲理情思，都无不使人联想起您的家庭背景——父亲是出身于京都大学的著名哲学家和文艺批评家，母亲是众议院议员长田桃藏的女儿，且又是谙熟乐谱会弹钢琴的大家闺秀（她也是您儿童时代学弹钢琴的启蒙老师）。在这样的家庭环境中长大，比起与您同时代一起在战败的废墟上成长起来的，尤其是那些饱受过饥饿与严寒、居无定所在死亡线上挣扎的诗人，您可以说是时代的幸运儿。尽管在1945年的东京大空袭之前您与母亲一起疏散到京都外婆的家，之后返回东京时目睹了美国大空袭后的惨景。可是作为有过战争体验和在唯一的原子弹被害国成长起来的诗人，您似乎并没有刻意直接用自己的诗篇去抨击战争和讴歌和平。战后的日本现代诗人当中，有不少诗人的写作几乎是停留在战争痛苦的体验里，即战争的创伤成了他（她）们写作的宿命。我曾在论文里分析过您的这种现象，与其说这是对经验的逃避或"经验的转嫁"，莫如说是您把更大意义的思考，即对人性、生命、生存、环境和未来等等的思索投入到了自己的写作中，这既是对自我经验的一种超越，更是一种新的挑战，不知您是否认同我的观点？

谷川：我经历过1945年5月东京大空袭，疏散到京都是在

其后。大空袭的翌晨，跟友人一起骑车到我家附近，在空袭后烧毁的废墟里，看到了横滚竖躺的烧焦尸体。尽管当时半带凑趣的心情，但那种体验肯定残留在了我的意识之中。可是，与其说我不能用历史性和社会性的逻辑去思考这种体验（因为当时我还是个孩子，不具备这种天赋），莫如说我接纳了人类这种生物身上实际存在的自古至今从未停止的互相争斗、互相残杀的一面。在这层意义上，你的观点也许是对的。但在我的内心并没有将其语言化为"既是对自我经验的一种超越，更是一种新的挑战"，这跟我个人缺乏历史感觉有直接关系。不过，顺便加一句，最近，我在报纸上偶然读到齐藤野（据说是高山樗牛的弟弟）以拉斯金、左拉、易卜生为例进行的阐述，"在他们面前不存在国家、社会和阶级，只有人生和人生的尊严"，这句话引起了我的强烈共鸣。

田：在您的写作生涯中，一位诗人的名字对于您应该永远是记忆犹新的，就是把您的作品推荐到《文学界》（1950 年 12 月号）发表的三好达治。这五首诗的发表，不仅使您一举成名，而且奠定了您在诗坛的地位。三好在您的处女诗集《二十亿光年的孤独》的序里，称您是意外地来自远方的青年，他的"意外"和"远方的青年"即使在今天我相信不少读者对此仍有同感。"意外"无外乎是他没有预料到在战后的日本会有您这样的诗人诞生，"远方的青年"应是他对您诗歌文本的新鲜和陌生所发出的感慨。与中国诗人的成长环境不同的是，不但在战后，即使是

现在，大多数的日本诗人几乎都是团结在自己所属的同人杂志的周围，他们的发表渠道也几乎都是通过自己的同人杂志与仅有的读者见面。我曾查阅过1950年代以后创刊的同人杂志，洋洋千余种，让人目不暇接。单是1950年一年内有记载的就有三十余种创刊。50、60年代可以说是日本现代诗的文艺复兴期，产生了不少有分量的诗人。某种意义上，也可以说是时代为他们留下不可磨灭的声音提供了机遇。在这样的文学环境下，您的处女诗集在父亲的资助下以半自费的形式在创元社出版，请问在您当时看到自己新出版的诗集时，是否已明确了自己以后的写作目标和野心？对于刚刚涉足诗坛的您来说，是否存在您无法超越的诗人？若有，他们是谁？

谷川："写作目标"对于我是不存在的，是否有称得上"野心"的强烈希求也值得怀疑。尽管如此，我还是想到了靠写作维生，因为除此之外我没别的才能。而且那时对诗坛这一概念也没有当真相信过，虽说也有敬畏的诗人，但我从没有过超越他们的想法。当时，我曾把自己想象成一匹独来独往的狼。因为那时对于我来说，比起诗歌写作，实际的生活才是我最为关心的事。例如，我曾把没有固定工作、靠写诗和写歌词、又翻译歌词和创作剧本维生的野上彰的生存方式作为一种人生理想。

田：1953年7月，您成为刚创刊的同人诗刊《櫂》的成员之一。这本同人诗刊也是日本战后诗坛的重要支流之一，它的重

要性完全可以跟崛起于战后日本诗坛的"荒地"和"列岛"两大诗歌流派相媲美。您作为这两大诗歌流派之后成长起来的"第三期"诗人群体中的重要代表，迅速从战争和意识形态的束缚中解脱出来，确立了自己独特的都市型诗风。当然，这跟那时日本社会受美国式的都市型的社会生活环境的影响有关，生存的悲喜和不安以及伴随着它的精神龟裂是你们抒写的主旋律。我曾在您的书房翻阅过出版于不同年代的这本杂志，从每期不难看出，《櫂》是同人轮流编辑出版的。但在翻阅中我发现，《櫂》好像停刊过很长时间，其原因是什么？另外，与其他形成了统一的创作理念、近似于意识形态化的同人诗刊相比，《櫂》的存在更引人瞩目，它朴素、活泼、自由、而又富有活力。茨木则子的深沉；大冈信的睿智；川崎洋的幽默；吉野弘的智性。还有岸田衿子、中江俊夫、友竹辰等。您能否在此简要地谈谈《櫂》的各位同人的诗歌特点，以及它在日本战后诗坛里的存在意义？

谷川：停刊是因为同人们已经有了足够的发表园地。再就是，我们同人之间的关系因为比较散漫，不仅没有团结一致朝向相同的写作目标，而且还把各自意见的分歧作为乐趣。至于各位同人的诗歌特征和《櫂》在日本战后诗坛里的存在意义，还是交给批评家们评说吧。

田：1950 年代，您先后出版了《二十亿光年的孤独》《六十二首十四行诗》《关于爱》《绘本》《爱的思想》等诗文集。这些诗

文集里有不少脍炙人口的诗篇，它们代表着您起步的一个高度。诗人中好像有两类：一类年少有为，一起步就会上升到须仰视才见的高度；另一类是大器晚成，起初的作品不足挂齿，但经过长久的磨炼，诗越写越出色。很显然您属于前者。我个人总是愿意执拗地认为，划时代的大诗人多产生于前者，而且我还比较在意作为诗人出发时的早期作品，因为早期作品往往会向我们暗示出一位诗人在未来成大器的可能性，或者说诗人的初期作品会反照出他以后的作品光泽。这或许就是所谓的天赋吧，天赋这个词本身就带有一定的神性，如果把这个词汇拆开也可理解为上天的赋予。一位诗人为诗天赋的优劣会决定他文本的质量和作为诗人的地位以及影响。当然，光凭先天的聪慧，缺乏积极的进取、体悟、阅读、知识和经验的积累等亦很难抵达真正的诗歌殿堂。但话反过来，如果缺乏为诗的天分，只靠努力是否能成大器也很值得怀疑。其实我们周围的大部分的诗人多产生于后者，我不知道您是否也迷信"天赋"这一概念，若只思考该词本身，它的意义显得空洞乏味，不知道您是怎样理解天赋与诗人之间的关系的？

谷川：虽说我不清楚是来自 DNA（遗传基因）还是成长经历，抑或是二者综合作用的结果所致，但我认为是有适合诗歌写作的天分的。我创作了很长时间之后，才恍惚觉得诗歌写作说不定是我的"天职"，但同时，这种"天职"也促使我觉悟到作为诗歌写作者的其他缺陷。

田：您从少年时代就跟着美国人家学英语，您也是我交往的日本诗人中英语说得最为流利和标准的一位，而且还翻译出版了三百多部图书。谙熟英语，是否对您的写作有直接影响？或者是否可以说英语拓宽了您母语的表现空间？活跃在当今国际诗坛上的谢默斯·希尼、加里·斯奈德，甚至作家米兰·昆德拉等，这些诗人和作家很多都是与您交往已久的朋友，您对他们的阅读是通过别人的翻译还是直接读他们的原文？另外，在与您交往的当代各国诗人当中，谁的作品给您留下的印象最为深刻？

谷川：我的英语并不熟练，口语也没那么流畅，所以我从未过分相信过自己的英语。我的英语翻译大都局限在平易的童谣和绘本。但是，亲近英语拓宽了我母语的表现空间确是事实（比如，通过翻译《英国古代童谣集》，我受到启发，创造了用假名表记的日语童谣的新形式）。我几乎没有用原文阅读过外国现代诗，交往的比较熟悉的外国诗人中，我多少受到了加里·斯奈德为诗为人的影响。

田：您曾在随笔里称，1950 年代的《六十二首十四行诗》是从您创作的百余首十四行诗中挑选出来的。1960 年代初您接着又出版了另一部十四行诗集《旅》，这两部诗集在您的创作中占有一定的分量。十四行诗据说最初起源于文艺复兴时期的意大利，之后流行于英、法、德等各国。以格律严谨著称的抒情诗体对亚洲诗人而言永远都是舶来品。从您的十四行诗群来看，采

用的大都是由两节四行诗和两节三行诗组成的形式，这应该是彼特拉克（F.Petrarch，1304—1374）的十四行，而不是由三节四行和两行对句组成的莎士比亚体。但由于日语存在难以在韵脚上与十四行诗的要求达成一致的局限性，日语诗的十四行不得不放弃格律和韵脚，成了日本式的自由十四行。战前的福永武彦、立原道造等，战后的中村稔等诗人都有过此类诗的写作。诗人、批评家大冈信在为这本诗集的第六十二首撰写的解读文中称，无论是数量还是质量上您都有着惊人的成果，他还把您的十四行作品群比喻成"世界或者宇宙是保护和包容万物的庞大母胎，是将'世界''我''人类'同一化的幸福过程简洁地构图化的青春赞美和青春遗言"。《旅》这本诗集分〈旅〉、〈鸟羽〉和〈anonym〉三个部分，我所掌握的资料中，这本诗集的论客似乎更多，吉增刚造、北川透、安水稔和、三浦雅士、法国图卢兹第二大学的Yves-Marie Allioux教授等都给予了很高评价，连小说家大江健三郎也曾在他的评论集《小说的方法》及小说里论述和引用过"鸟羽"里的诗句。这组诗的写作应该是在1967年您结束了国内旅行回到东京的四个月后，因为我曾询问过这组诗的写作背景，您的回答是：把偕全家去三重县东部志摩半岛的鸟羽市旅行时的印象带回东京，在家完成了这组诗的写作。《旅》出版于1968年11月，在时间上完全吻合。请问，您当时写下大量的十四行诗的动机是什么？这系列的十四行诗群的写作难道是您与青春的告别？

谷川：记得组诗《鸟羽》写于1966年到1967年我第一次在

欧洲旅行八个月之前;《旅》是以旅行体验为素材写下的;组诗《anonym》的写作则在其后。就是说诗集《旅》是把长时间写下的作品归在一起，于 1968 年出版的。至于我选择十四行这种形式的动机，可以说是当时我的内心需要一种什么形式——诗歌容器的缘故吧。我虽然写了很长时间的自由现代诗，但另一方面，"自由"也有不好对付的一面。进行诗歌写作时，为自己定下暂时的形式能让自己写得更顺利。这也许是我个人的审美意识。还有，在我写作十四行诗时脑子里并没有与自己"青春的告别"这样的念头。因为我是一个为脱离青春这一人生阶段而感到高兴的人。

　　田：我在一本日文版的与中国文学有关的教科书里偶然发现过令尊与周作人、岛崎藤村、志贺直哉、菊池宽、佐藤春夫等人的合影，后来也听您谈到过令尊与周作人、郁达夫等中国文人交往的逸事，而且令尊生前酷爱中国文化，在第二次世界大战之前数次访问过中国，并收藏了许多中国古代文物，尤其唐宋陶瓷和古币等，不知您是否间接地受到过这方面的影响？我在翻译中发现，您的诗里多次出现"陶俑"这个意象，读后总觉得它是令尊收藏的那些中国古代"陶俑"的形象。这一点在您为第二本汉语版《谷川俊太郎诗选》撰写的《致中国读者》序言里有所言及，即您是从令尊在战前从中国购买来的微笑的宋代彩瓷娃娃感受中国的。中日在世界上是很有趣的两个国家，虽文化同源，又共同使用着汉字，但使用的语言在发音和词序以及语法等方面却完全

不同，公元804年赴大唐长安留学的弘法大师把汉字和佛教带回了日本，他在《文镜秘府论》等著作中，对中国语文学和音韵学都有精辟记载。之后，《论语》、唐诗和大量的历史文献被大批的遣唐使带回日本。直到明治维新，可以说汉文化一直在绝对地支配着日本。明治维新前，精通汉文始终是贵族阶级的一个标志，老一辈作家、诗人中像夏目漱石、森鸥外、北原白秋等都写有一手漂亮的汉诗，可见汉文化对日本作家不仅影响至深，而且已化作了他们的血肉和灵魂。可是，由于维新之后的日本打开了封锁千年的国门，随着大量欧美文化的涌入，汉文化已渐渐失去了昔日的光华。对于您及更多在战后成长起来的诗人来说，汉文化已不再是主要的写作资源，那么，您写作的主要资源是来自本土还是域外？

谷川：我父亲因为喜欢古董，收藏过一些唐代陶俑，尽管没有古币，但收藏过殷、周时代的玉。我诗歌中出现的"陶俑"不是出自中国，而是来自日本古代。现在手头上虽说没有这些陶俑了，但父亲生前收藏过的那些"陶俑"造型在不同方面给予过我影响。另外，因为我还属于是在中学学习汉文的一代人，所以，尽管发音不同，但中国古诗已经成为我的血肉。我想，汉语语境与日语语境齐驱并进，在内心深处形成了我的精神。既然日语的平假名和片假名脱胎于汉语，既然我们如今仍然将汉字作为重要的表记方式，并还在用汉字表达许多抽象概念，那么中国文化乃日本文化的根源之一这种事实便谁也无法否认。

田：诗歌的定义自古有之，我想每个诗人心目中对诗歌都有一个属于自己的概念。柏拉图曾把诗定义为"诗是天才恰遇灵机、精神惝恍时的吐属，是心灵不朽之声，是良心之声"。白居易则在《与元九书》里称："诗者，根情、苗言、华声、实意。"庞德把诗歌说成是"半人半马的怪物"。郭沫若干脆把诗歌的概念公式化："诗＝（直觉 × 情调 × 想象）× 适当的文字"等等。如果用一段话来概括诗歌的话，您的诗歌定义是什么呢？

谷川：正因为对用简单的语言来定义诗歌不感兴趣，我才用各种方法创作了诗歌。不是用简单的语言，而是通过编辑具体作品（主要的对象是青少年）的诗选集《诗为何物》来尝试回答诗究竟为何物——让诗歌自身来回答诗歌是什么。

田：我总觉着一个诗人童年的生长环境和成长经验非常重要，会影响到他以后的创作。从您的随笔和创作年谱不难得知，童年的夏天您几乎是在父亲的别墅——周围有火山和湖泊的北轻井泽的森林里度过的。而且即使在东京杉并区的宅第，那也是被绿树和花草簇拥着的一片空间。您曾在随笔《树与诗》里谈到过，单是诗集《六十二首十四行诗》里，与树木有关的作品就有十六首之多，您笔下的树木没有具体的名称，而是作为"一种观念的树木"而存在的。在这篇随笔里，您"觉得人类比树木更卑劣地生存着"。于是，对于您，"树木的存在是永远持续着的一个启示"。我理解您对树木抱有的敬畏感。70、80、90 年代，您还

有过不少直接抒写树木的诗篇，大概有七八首之多吧，它们给我的印象大都是枝叶繁茂，有着顽强生命力和不畏惧强风暴雨的树木。有时从树木中反映人性，有时又从人类的生命中衬托出树木的本质。诗题有时使用汉字，有时使用平假名和片假名。这种对树木的钟爱一直未泯的创作激情我想与您童年的成长背景密切相关。记得本世纪初在北京大学召开的《谷川俊太郎诗选》的首发式上，诗人西川在发言中曾谈到您的诗有一种"植物的味道"。他的嗅觉和敏感引起了我的注意。过后，我又翻看了一遍诗选，发现与树木有关的诗篇真的还占不少的比例，这是一个偶然的实例。这里，想请您回答的是，童年作为一个永恒的过去，它究竟意味着什么？

谷川：对于我来说，树木的意义超出了语言，它们可以说是作为超越了人们所想到的意义的"真"和"美"而存在的。我并不在意将其归纳为散文的形式。每天的生活中，我因为树木的存在而受到慰藉和鼓励，至于用诗歌的形式表现树木则属于次要。

田：青春对于任何人都是宝贵的，它的宝贵在于其短暂。您第一次的婚姻生活始于1954年，结束于1955年，总共还不到一年时间。您这段短暂的情感经历我个人觉得在您50年代末和60年代初的作品里打上了一定的烙印。之后，您又经历了两次婚变，三起三落的婚姻是否跟您诗人的身份有关呢？

谷川：三次离婚各有其因。如果字句确切地将其语言化，理由当然在作为当事者的我这里。理由的一端不消说与我的人性有关。在此也无法否认，这也与我作为诗人的"身份"（这是个非常有趣的表达）有关。这些是我一生思考的问题。

田：在您创作的两千余首诗歌作品中，请您列举出十首最能代表您创作水平的作品。

谷川：我不太理解代表"自己水平"这种说法，在此只举出我能一下子想到的吧：《二十亿光年的孤独》《六十二首十四行诗》中的第六十二首，《河童》《对苹果的执着》《草坪》《何处》《去卖母亲》《黄昏》《再见》《父亲的死》《什么都不如女阴》等。

田：在您出版的五十余部诗集里，您最满意的是哪些？您觉得哪几部诗集在您的创作风格上的变化较为明显？

谷川：我虽然自我肯定，但并不自我满足。变化较为明显的应该是《语言游戏之歌》《定义》《日语目录》《无聊之歌》《裸体》等。

田：您从年轻时代就写下了不少很有分量的散文体诗论，除出版有评论集《以语言为中心》外，还与批评家、诗人大冈信合

著有《诗的诞生》《批评的生理》《在诗和世界之间》等理论和对话集，对现代诗直面的诗与语言、诗与传统、诗与批评、诗与思想以及诗歌翻译等问题都有涉及，这些深入诗歌本质的理论集在日本战后现代诗坛产生了很大影响，可以说是具有划时代意义的。在这几部书中，您对现代诗独到的见解令人折服。尽管如此，您虽然跟那些"理论空白"的诗人不同，但我觉得还是没有写出系统性的诗歌理论，这是否跟您所说的不擅长写长文章有关呢？

谷川：虽说跟我不擅长写长文章有关，但更重要的是我对系统性的理论毫无兴趣。与其说去写理论，不如说我更想创作诗篇。这是我一贯的愿望。

田：跨文本写作的诗人、小说家古今中外皆有，如荷尔德林、哈代、帕斯捷尔纳克、里尔克、博尔赫斯、卡佛等。若单说日本，首先我们会想到战前的岛崎藤村，以及战后的清冈卓行、富冈多惠子、高桥睦郎、松浦寿辉、小池昌代、平田俊子等。他们都是最初作为诗人出发，之后开始了小说创作，而且成就斐然。您年轻时尽管说过自己不写小说，实际上，您也写过一些中短篇。最为典型的是跟小说家高桥源一郎、平田俊子合著的《活着的日语》。这本书由你们三位每人创作的一首诗、一个剧本和一个短篇构成，既新鲜，又有趣。在此，我想问您的是，不写小说是对自己的记忆力没有自信呢，还是诗歌更适合表达自己的生

存经验？

谷川：刚才我已经回答我缺乏历史感，而且不擅长以"物语"的形式活着。在我看来，小说是讲故事的，故事属于历史的艺术，而诗歌则属于瞬间的艺术。就是说诗歌不是沿着时间展开的，而是把时间切成圆片。也许这种说法并不适合世界所有的现代诗，而只适合于拥有俳句和短歌传统、至今仍深藏"物哀"情结的日语诗歌，但至少我是写不出叙事诗的，而且，不是我选择不写小说，而是我从生理上写不了。

田：我一直顽固地认为真正的现代诗歌语言不是喧哗，而是沉默。在此我油然想起您年轻时写的随笔《沉默的周围》，"先是沉默，之后语言不期而遇"。我相信灵感型写作的诗人都会首肯这句话。"沉默"在您的初期作品中是频繁登场的一个词汇。正如诗人佐佐木干郎所指出的："在意识到巨大的沉默时，诗仿佛用语言测试周围"，这种尖锐的解读让人深铭肺腑。现代诗和沉默看起来既像母子关系，又仿佛毫无干系。您认为现代诗沉默的本质是什么？

谷川：沉默的本质可说是与信息、饶舌泛滥的这个喧嚣的时代相抗衡的、沉静且微妙的、经过洗练的一种力量。我想，无论在任何时代，沉默都是即使远离语言也有可能存在的广义上的诗意之源。也许亦可将之喻为禅宗中的"无"之境地。语言属于人

231

类，而沉默则属于宇宙。沉默中蕴含着无限的力量。

田：我曾把您和与您同年出生的大冈信称为日本战后诗坛的一对"孪生"。回顾一下半个多世纪的日本战后现代诗坛，毫不夸张地说，几乎是您二位在推动着50、60、70、80年代日本现代诗的发展。而且，某种意义上，是您二位的作品，让世界广泛接纳了日本现代诗。您是怎么看待我所说的"孪生"呢？

谷川：诗坛是一个假想的概念，实际上每个诗人都是独立存在的。我想我与大冈信有许多共同点，但是我们完全相异的地方也不少。说我们是"孪生"可能有点牵强附会，以前我们俩并没有"推动诗坛发展"那样的政治构想，将来也不会有。我想这一点就是我们的共通之处吧。

田：数年前，关于您1980年出版的诗集《可口可乐教程》，我曾向被称为日本现代诗"活历史"的思潮社社长小田久郎征询过意见，如我所料，他给予了很高评价。之后又看到北川透在他的新著《谷川俊太郎的诗世界》中盛赞这是"最优秀的诗集"。当然，还有不少学者发表和出版的学术论文。这本诗集确实是以与众不同的写法创作的，我觉得这本诗集发出了日本现代诗坛从未发出过的"声音"，也是您典型的具有尝试性的超现实主义写作。这本诗集跟您其他语言平易的诗歌作品相比，简直难以让人相信是出自同一诗人之手。在我看来，这仍是您一贯追

求"变化"的结果。您自己是否认为这本诗集已经抵达了变化的顶点?

谷川:变化是相对的,也没有所谓顶点之类的东西。在写作上,我是很容易喜新厌旧的人,喜欢尝试各种不同的写法,《可口可乐教程》只不过是其中之一。

田:发表于1991年3月号的《鸽子哟!》文艺杂志中的"给谷川俊太郎的九十三个提问"里,有一个把自己比喻为何种动物的提问,您的回答十分精彩,说自己是"吃纸的羊"。我想这也许跟您的写作以及您本身出生于羊年有关吧。在此,我想知道的是:您是在陡峭的岩石上活蹦乱跳的羊,还是在一望无垠的草原上温顺吃草的羊?理由又是什么?

谷川:我觉得两者都是,因为温顺和活泼都是自己的属性。

田:音乐和诗歌的关系若用一句很诗意的话来表达,您的一句话是什么?点到为止也可。再有,作为一个现代诗写作者,您认为优秀诗歌的标准是什么?

谷川:音乐和诗歌,可说是……同母异父的两个孩子吧。我只能说优秀现代诗的标准在于它让我读了或听过后,是否让我觉得它有趣。

田：在我有限的阅读中，我觉得日本现代诗的整体印象是较为封闭的，而且想象力趋于贫瘠。其实这句话也可以套在中国当下的现代诗上。沉溺和拘泥于"小我"的写法比比皆是，再不就是仅仅停留在对身体器官和日常经验以及狭隘的个人恩怨的陈述，琐碎、浅薄、乏味、缺乏暗示和文本的力度。一首诗在思想情感上没有对文本经验的展开是很难给人以开放感的，而且也很难带给人感动。当然这跟一位诗人的世界观、语言感觉等综合能力有直接关系。您认为诗人必须做出何种努力才可以突破现代诗的封闭状态？

谷川：努力去发现自己心灵深处的他者。

田：意大利诗人好像说过翻译是对诗歌的背叛，我亦有同感。严格说，现代诗的翻译是近乎不可能的。在我看来，在把一首现代诗翻译为另一种语言的同时，就已经构成了误译。理由是诗歌原文中的节奏、语感、韵律和只有读原文才能感受到的那种艺术气氛都丧失殆尽。生硬的直译，或者一味的教条式的译法也是不足取的。这也是我始终强调的现代诗的译者必须在翻译过程中保持一定的灵活性的原因之所在，在忠于原著的前提下，同时在不犯忌和僭越原文文本意义的范围内，凭借自己的翻译伦理和价值判断来进行翻译是十分重要的。我个人一贯认为，把一首外国现代诗翻译成自己的母语时，准确的语言置换尽管重要，但更重要的是必须让它在自己的母语中作为一首完美的现代诗成立。

中国的翻译界，至今好像仍约定俗成地墨守着"神、形、韵"这样的诗歌翻译理念，还有傅雷的"神似说"和钱钟书的"化境说"等，这固然不错，但却很少有人强调在翻译过程中注入一些灵活性。"神"就是栩栩如生；"形"即形式；"韵"则是韵律和节奏。在一首诗的翻译中，天衣无缝地做到这三个要素也并非易事。在此想问您的是，在日本的翻译界，您认为谁是最优秀的现代诗译者？

谷川：普列维尔的译者小笠原丰树、现代希腊诗的译者中井久夫，若不限于现代诗，我认为，翻译莎士比亚十四行诗的吉田健一也包括其中。

田："只有诗人才是母语的宠儿"，这是我最近写下的一句话。对于诗人而言，母语毋庸置疑是最具有决定性的。当然也有以母语以外的语言进行创作的作家和诗人，但是以第二语言创作的作品大体上没受到好评亦属事实。45 岁移居法国的昆德拉以法文创作的小说《慢》和《身份》好像也不太受人瞩目。西胁顺三郎也曾用英语写诗，但是那些英文诗并不如他的日文诗那样备受好评。里尔克和布罗茨基也如此。甚至通晓几种语言的策兰也曾这么说过："诗人只有用母语才能说出真理，用外语都是在撒谎。"还有刚过世的、在苏联长大曾做过叶利钦翻译的随笔作家米原万里也表示："外语学得再好，也不会超过母语。"策兰流露出了他对诗人冒犯母语行为所持的否定态度。最近我也在用日语

写作，但常常感受到深陷于日语和母语之间的"对峙"之中，那种"冲撞"和"水火不容"的感觉有时候十分强烈，真切体会到诗人终究无法超越母语这一事实。您通晓英语，是否也想过用英语写作呢？

谷川：我虽然从没想过用日语以外的语言去进行诗歌写作，但对视母语为绝对的母语主义者也持有怀疑态度。我们不可轻视利比英雄、多和田叶子、亚瑟·比纳多等人为何不以母语写作的理由。

田：如果让您把自己比喻为草原、沙漠、河流、大海、荒原、森林或天空，您认为自己是什么？为什么呢？

谷川：打个比方说，一切都存在于我自身之中。

田：请告诉我您对外星人持有何种印象？如果能够宇宙旅行，您想到哪个星球看看？或者想在哪个星球上居住？

谷川：因为我觉得地球以外的生物有可能是以多种形态存在的，所以无法归纳为一种印象。还有，我还没有想到宇宙旅行的心情。

田：我总觉得您创作的源泉之一来自女性。在您半个多世纪

创作的五十多部诗集中，与女性有关的作品为数不少。单是诗集就有1991年出版的《致女人》和1996年的《温柔并不是爱》。综观您的初期作品，1955年的《关于爱》、1960年的《绘本》、1962年的《给你》、1984年的《信》和《日语目录》、1988年的《忧郁顺流而下》、1991年的《关于赠诗》、1995年的《与其说雪白》等诗集中都有与女性有关的作品。其中《缓慢的视线》和《我的女性论》这两首诗给我留下了深刻印象。诗中的登场者有母亲、妻子、女儿、恋人、少女等。这样看来，也许可以说女性是贯穿您作品主题的元素之一。以前，我曾半开玩笑地问过您："名誉、权力、金钱、女人、诗歌"当中，对您最重要的是什么？您的回答，让我深感意外。因为您选择的第一和第二都是"女人"，之后的第三才是"诗歌"。在此，我要重新问您，"女性"对于您是什么样的存在？是否没有了女性就无法活下去？您这么看重女性，能否告诉我您现在沦为"独身老人"的心境？

谷川：女性对我来说是生命的源泉，是给予我生存力量的自然的一部分，而且也是我最不好对付的他者。我凭依女性而不断地发现自我，更新自我。没有女性的生活于我是无法想象的。但我不认为婚姻制度中与女性一起生活下去是唯一的选择。也许正因为我重视女性，才选择做了现在的独身老人吧。

田：在世界的伟大诗人当中创作长诗的为数不少，您至今创作的作品中，最长的诗歌大概有五百多行吧。在我有限的阅读

中，还有鲇川信夫未完成的《美国》、入泽康夫的《我的出云　我的镇魂》、辻井乔的《海神三部曲》、野村喜和夫的《街上一件衣服下面的彩虹是蛇》等长诗，您为何没创作更多长诗？是写不出，还是出于别的原因？

谷川：也许跟我认为日语基本上不适合用来写长诗有关，实际上也可能跟我不擅长叙述故事而更适合诗歌写作的倾向有关。有人说"诗集不但须易读而且须耐读"，我赞成这种说法。

田：从您的整体作品来看，围绕生存这一主题的作品颇多。您在日本读者所熟悉的《给世界》一文里写道："对我而言最根本的问题是活着与语言的关系"。这确实是现代诗所不得不面对的难题，正像不少诗人无法从日常经验成功地转换到文本经验一样，过于倾向日常，很可能无法超越生活本身；反之，又会容易沦落为知识先行的精英主义写作。您能否具体阐释一下"活着与语言的关系"？

谷川：在日常生活中，对家人与朋友说的语言和作为诗歌写出的语言的根源是相同的，但在表现上不得不把它们区分开来。现实生活中的语言尽可能表现出真实，我认为诗的语言基本上是虚构的。一首诗里的第一人称，不一定指的就是作者本人。虽然如此，我们也不能说作者完全没把自己投射到作品当中。作者的人性隐藏在诗歌的"文体"之中。"文体"是一个很难被定义的

词，它不仅包含语言的意义，形象、音调、色彩、作者对语言的态度等所有的要素都融为一体。在现实生活里，人与人的交流不只是特定的伙伴之间的语言，他们的动作、表情等非语言的东西也是非常具体地进行着的。至于化为文字、化为声音的诗，是一个作者与不特定的、复数的读者或听众之间更为抽象的交流。可是，作者本身的现实人际关系也投影到他下意识的领域。虽然"活着与语言的关系"在诗歌里极为复杂，可是，作者无法完全意识到它的复杂性。因为让诗歌诞生的不只是理性。这样想来，对文体进行探究进而牵连到作者这样的分析，其范围有限是理所当然的事。我想，可以这么说，以不完整的语言把无法完全被语言化的"生"的整体指示出来的就是诗歌。

田：在您的全部创作中，《语言游戏之歌》系列是不可忽视的存在。您本人也曾写过："为探索并领悟到隐藏于日语音韵里的魅力而感到自负。"能够写出这一系列作品，我想大概是因为日语中包含有平假名、片假名、汉字和罗马字这四种表记文字——日语文字有表记上的便利性。从肯定的角度想，这些作品拓宽了日本现代诗的表现空间，或许正因为此，使这类作品拥有了不同年龄层的读者，这一创举可以说对日本现代诗做出了莫大的贡献。我想，这也许跟您"意识着读者去写作"的创作理念有关。可是，若从否定的角度看，您主张的"不重意义，只重韵律"的创作立场，是一种诗歌写作的"犯规"，或者说是分裂语言与意义的行为。因为一首意义空白的诗歌，辞藻和语句再美丽

也都是徒劳的，因为它是一个无内涵的艺术空壳。况且，您的这类作品因为"只重韵律"可以说完全无法被翻译成别的语言。关于这一点，您有何看法？

谷川：《语言游戏之歌》只不过是我创作的各种不同形式的诗歌作品之一。在尝试写这些作品时，我所思考的主要是探索日语现代诗音韵复活的可能性，结果便产生了看似无聊的顺口溜、诙谐的童谣这类作品，有趣的是，反而是这类作品让我获得了更多的读者，但同时，我也知道了这类作品很明显在主题上存在一定的局限性。因此，它无法开创现代诗崭新的可能性。所以，若以现代诗的价值标准来审视《语言游戏之歌》是有些难度的。可是我并不在乎，对以日语为母语的我而言，"无法被翻译"并非什么不光彩的事情，因为我也写了许多其他可以被翻译的诗歌作品。

田：自然性、洗练、隐喻、抒情、韵律、直喻、晦涩、叙事性、节奏、感性、直觉、比喻、思想、想象力、象征、技术、暗示、无意识、文字、纯粹、力度、理性、透明、意识、讽刺、知识、哲学、逻辑、神秘性、平衡、对照、抽象这些词汇当中，请您依次选出对现代诗最为重要的五个词汇。

谷川：我想应该是无意识、直觉、意识、技术、平衡吧。但我不认为回答这样的问题会管用。

田：迄今为止，您参加过无数次的"连诗"创作活动。这一活动始于大冈信，四五位诗人聚到一起，有事先命题的也有自由随意的。"连诗"一般以十行以内的短诗为限，第一首写出后，接下来的诗人必须承继上一首中的一个词，然后在意义的表现上重新展开。是一种带有娱乐性的创作活动。这种"连诗"活动对平时交流不多的日本现代诗人而言，是一种有趣和值得尝试的交流。可是，另一方面，我觉得这种活动对诗歌写作并没有太大的意义，之所以这么说，是因为我觉得现代诗写作与集体行为无缘。对此您有什么想法？

谷川：诗歌是一个人写的，这个原则不会改变。可是，脱离与他者的联系，跟语言所持有的本质是矛盾的。大冈信的名著《宴会与孤心》这一书名可谓一语中的。另外，对我来说"连诗"不单单停留在它所带来的乐趣上，它也有助于激发我的创作。举个例子，我自己比较偏爱的《去卖母亲》一诗，如果不是因为有"连诗"的伙伴、诗人正津勉的存在，恐怕我也是写不出的。从他者得到的刺激会唤起意想不到的诗情。

田：您是怎么处理现代诗的抒情和叙述、口语化和通俗化的？

谷川：我想在自己内心拥有这一切。

田：贝多芬是音乐天才；毕加索是绘画天才；若说您是现代

诗的天才，您会如何回答？

谷川：若是恋人那么说，我会把它看作闺房私话而感到开心；若是媒体那么说，我觉得自己被贴上了标签，会感到不快；若是批评家那么说，我就想对他们说：请给予我更热情的评论！

田：您在第二本汉语版《谷川俊太郎诗选》的《致中国读者》序言中写道："……我从十七岁开始写诗，已经有半个多世纪了，但是，时至今日，我仍然每每要为写下诗的第一行而束手无策。我常常不知道诗歌该如何开始，于是就什么也不去思考地让自己空空如也，然后直愣愣地静候缪斯的驾临。"这段话让我再一次确认您是"灵感型诗人"，并为对您的这种命名而感到自负。实际上，具有普遍价值意义的诗人几乎都出自这种类型。那么，我想问的是：灵感对于诗人为什么重要？

谷川：因为灵感在超越了理性的地方把诗人与世界、人类和宇宙连接在了一起。

田：中国和日本都常常举办一些诗歌朗诵活动，我也参加过不少次。但我总觉得现代诗更多的时候是在拒绝着朗诵，其理由之一，我想应该跟诗歌忌讳声音破坏它的神秘感有关。尽管相对地，有时候说不定诗歌也渴望着被阅读。1996 年，您曾透露想远离现代诗坛的心情，从此便开始积极地进行诗歌朗诵活动。当

然，并非您所有的作品都适合朗诵，基本上诗歌是从口传开始的，或者说它最初是从人类的嘴唇间诞生的。这么看来，所有的现代诗都应该适合朗诵。但是，与重视韵律、音节、押韵、字数对等、对仗的古诗相比，现代诗几乎都不是注重外在的节奏和韵律，通常都是顺其自然的内在节奏。按照博尔赫斯的说法，必须在诗歌内部具备"听觉要素与无法估量的要素即各个单词的氛围"。我觉得这跟诗歌朗诵有关。您认为诗歌朗诵活动是否能够解救现代诗所面临的读者越来越少的困境？为什么？

谷川：我想朗诵活动也许无法解决现代诗的困境。文字媒体和声音媒体是互补的。若没有好的诗歌文本，朗诵就会演变成浅薄无聊的语言娱乐游戏。至于那究竟是不是诗歌并不再成为问题了。只是，现代诗的"困境"，不仅存在于写不出好诗这个层面，我们也能够从这个时代所谓的全球化文明的状态上找到相关理由。诗与非诗之间的界限日益暧昧，日渐浅薄的诗歌充斥着大街小巷。我们难以避免诗的"流行化"，即使人数再少，我们也需要有与之抗衡，去追求诗歌理想的诗人。